MW01324656

círculo cuadrado

Colección dirigida por
Margarita Rivière

ESTA COLECCIÓN DARÁ QUE PENSAR...

El Círculo Cuadrado intenta poner al alcance de una mayoría los saberes esenciales para vivir. En el Círculo Cuadrado los «sabios» se explican para que todos les entendamos por fin. El Círculo Cuadrado es la puerta que nos abre paso al camino que permite entender el mundo en el que vivimos. Ésta es una colección ecléctica, escrita para desmontar tópicos y «saberes inamovibles». Ésta es una colección mestiza, capaz de mezclar armoniosamente un círculo con un cuadrado y descubrir que PENSAR ES DIVERTIDO.

Laura Esquivel. Escritora mejicana nacida en 1950 cuya novela *Como agua para chocolate* (1989), traducida a 33 idiomas y plagada de premios, recorrió el planeta abriendo el horizonte del mestizaje cultural a través del sentimiento y el sexto sentido de las mujeres. Maestra de profesión, fundó un Taller de Teatro y Literatura Infantil, un Centro de Invención Permanente para niños y trabajó en la televisión y en el cine antes de dedicarse a la literatura. Su trabajo como escritora es siempre muy original y experimental, así sucedió con *La ley del Amor*, primera novela multimedia, o con *Íntimas suculencias*, un experimento que mezcla cocina y filosofía. El *Libro de las emociones* es su primera incursión en el ensayo y trata de cómo la tristeza o la alegría afectan a nuestro cuerpo, nuestra mente y nuestra percepción del mundo y la realidad.

EL LIBRO DE LAS EMOCIONES

SON DE LA RAZÓN SIN CORAZÓN

LAURA ESQUIVEL

DEBOLSILLO

En esta colección han colaborado Laura Álvarez,
Berta Bruna, Ginés Jiménez, Mª Carmen Nicolau,
Ángel Pérez y Elena Umbert
Diseño de la colección: Jaime Fernández y Marta Borrell
Fotografía de la portada: © Jerry Bauer

Primera edición: marzo, 2000

Edición de bolsillo: Nuevas Ediciones de Bolsillo, S. L.

Printed in Spain – Impreso en España

ISBN: 84-8450-032-2
Depósito legal: B. 10.454 - 2000

Fotocomposición: Lozano Faisano, S. L.

Impreso en Rotoplec
Energía, 53
Sant Andreu de la Barca (Barcelona)

P 8 0 0 3 2 2

Querido lector:

Encontrarás que las páginas de este libro están subrayadas y marcadas con unos signos al margen. Esto es lo que se hace cuando se lee a fondo un texto que se ama: marcar y subrayar para recordar lo esencial de lo esencial, lo cual permite otra lectura (rápida) de estas palabras. Nos hemos anticipado a tu propio subrayado para facilitarte las cosas aún más y para no dejar ninguna excusa para la indiferencia ante palabras sabias como las que aquí encontrarás.

Hay dos clases de subrayado:

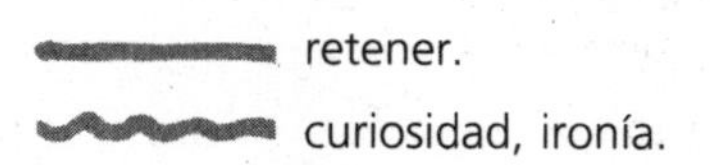

También hay unos pequeños símbolos en los márgenes a los que hemos dado estos significados:

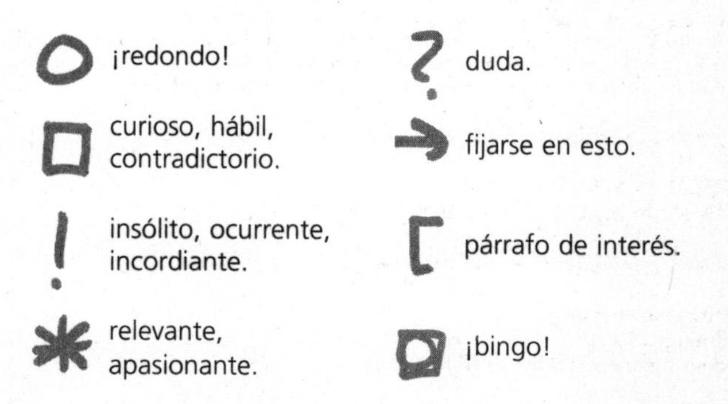

ÍNDICE

Manifiesto de lo humano

por MARGARITA RIVIÈRE

Éste es un libro especial que empezó con una entrevista que le hice a Laura Esquivel en 1998. Ella llevaba ya entonces estas cosas en la cabeza: «Mucha gente piensa que lo único que vale es la ciencia, pero ¿y las emociones? ¿Qué pasa cuando estamos contentos? Lo que yo creo es que de lo único que puedo estar segura es de si estoy triste o alegre. La ciencia cambia... la tierra era plana y luego resulta que es redonda... la ciencia cambia, la política cambia, se descubre que muchas ideas son erróneas, ¿qué te queda? Las emociones: una emoción puede cambiar la forma en que percibes el mundo. Y además, cuando estás deprimido se te encoge el corazón, no late la sangre igual. Cuando uno está enamorado el sistema inmunológico mejora, hay luz en los ojos. Hay una forma de reaccionar del cuerpo sana y otra enferma, es muy complejo. ¿Cómo nos influye la alegría y la tristeza? Yo pienso que hay una literatura que te sana y otra que te enferma...»

Tras este párrafo nos pusimos a discutir sobre si resultaba que la maldad, el mal rollo, nos ponía enfermos. Y ella defendió lo siguiente: «¿Qué hace la víctima de un acto terrorista? Si lo guarda dentro, el odio ocupa el lugar que debería ocupar el amor. En cambio, cuando recibes amor sucede justo lo contrario; el amor te hace sentir que vales como persona, que se te respeta. Todo eso nos hace encontrarnos bien y ver al mundo mejor. Hoy aceptamos que si la bolsa va bien el mundo es mejor, pero no se piensa en que si una persona es feliz, el mundo sí que es mucho mejor...» Le dicen que está loca, y se ríe, añadía yo entonces.

Tras lo que hablamos no dejé de pensar en sus palabras. También me había dicho que le gustaría escribir un ensayo sobre el asunto, así que cuando esta colección se puso en marcha me acordé de Laura Esquivel y de sus ideas de que la alegría nos sana y la tristeza nos enferma. Me puse en contacto por fax, le propuse escribir el ensayo y, ¡fantástico!, aquí lo tenemos hoy. Me sorprendió lo sencillo que fue conseguir el sí de una mujer con muchísimas peticiones para que escriba otras muchas cosas. Está claro que a ella el tema le interesaba especialmente. Hoy tengo muy claro, además, que para entender el trabajo, todos los trabajos, de esta original escritora mejicana hará falta consultar este pequeño ensayo en el que emoción y pensamiento se equiparan hasta convertirse en una especie de manifiesto de una nueva forma de mirar al ser humano. Laura Esquivel ha trabajado sobre este asunto durante toda su vida, acaso sin ser plenamente consciente. En ese encuentro que tuvimos en Barcelona en 1998 presentaba un delicioso trabajo sobre cocina y filosofía titulado *Íntimas suculencias*, y ella reflexionaba así sobre esta cuestión base de la supervivencia: «Con el alimento nos entra toda una carga afectiva que determina una forma de relacionarse con el mundo.» Según ella, una patata sentará mejor si se da con cariño, y explica experimentos que avalan que la depresión influye en el hambre: «Cuando nos cerramos y no participamos de lo que nos rodea tenemos siempre malas relaciones con la comida», añadía. Estas ideas ya estaban presentes en su famosísima *Como agua para chocolate*, publicada en 1989, traducida a treinta y tres idiomas y de la que se hizo una inolvidable película con guión escrito también por ella. Que la gente se interesara por la obra de Esquivel no sorprendió a nadie en una época, los años noventa del siglo XX, que se ha caracterizado, también, por una apasionada búsqueda de nuevas explicaciones a lo que sucede en el mundo. Ella misma ha sido y es una infatigable viajera del conocer y abrir su mente a experiencias nuevas. Tratándose de una mujer, una madre de familia educada a la manera más clásica, resultaba bastante sorprendente ese valor de expresar en voz alta lo que, por lo visto, muchos pensaban en la intimidad de sus vidas. Ahí estuvo otra de las claves de su éxito.

Para situar a Laura Esquivel hay también que dar una mirada a su biografía más personal: no es una madre de familia normal. Hija de un telegrafista y un ama de casa, estudió para maestra y empezó a enseñar a sus alumnos a través del teatro, escribiendo pequeñas piezas. El primero de sus tres maridos la animó a escribir libros para adultos, «que necesitan que todo se les explique, mucho más que los niños», dice. Ella era una *progre* que creyó que todo lo iba a aprender en los libros, «era de las que pensaban que dentro de la casa no pasaba nada y que todo lo que valía la pena estaba fuera», me confesó. Cambió poco a poco. «Hice un camino de ida y vuelta. Ahora tengo muy claro que los libros son fantásticos, pero que el conocimiento llega a los libros después de haber sido vivido.»

Este pequeño ensayo es, justamente, el resumen de esa forma de vivir que ella misma ha experimentado y que, para ponerlo por escrito, se ha dedicado a investigar y contrastar con otra gente y con las posibilidades abiertas por científicos que escapan de los tópicos. Éste es un libro, por tanto, aventurero y valiente en el que ella vuelve a arriesgarse a explicar lo que realmente siente... aunque no sea «política, social o científicamente correcto».

Lo valioso del experimento de este texto de Esquivel es que en estas páginas reconoceremos experiencias vividas por cada uno de nosotros: la alegría es sana, la tristeza no, por ejemplo. ¿Una obsesión milenarista? ¿Una reminiscencia New Age? Tal vez lo propio de esta etapa que empieza es la agitación de ideas muy antiguas y su mezcla con la experiencia más contemporánea. Laura Esquivel, con palabras muy simples y poéticas, explica muy bien lo que es la memoria y cuál es su papel en nuestra vida como almacén de emociones.

Estoy convencida de que las páginas que siguen no van a dejar indiferente a nadie y que, por eso mismo, serán también símbolo de un nuevo tipo de sensibilidad.

Agradecimientos

Quiero agradecer a todos aquellos que colaboraron con su apoyo, moral, intelectual y profesional, a que este libro se terminara.

A mis queridos amigos y maestros, Víctor Manuel Medina, Jorge Berroa y Antonio Cortina. A los doctores del Instituto de Neurobiología de la Universidad Autónoma de México, José Luís Díaz, Flavio Mena Jara, Thalía Harmony y Juan Silva.

A mi quiropráctico, el doctor Francisco Díez Gurtubay, y a mi acupunturista, Soledad Ruiz. También a mi hermano, el doctor Julio Esquivel Valdés.

A Javier, mi esposo, a Sandra, mi hija, a todos mis amigos y familiares por la enorme cantidad de emociones que me provocan, pues ellas son la base de todo lo que escribo.

I

Las emociones y su origen perdido

A pesar de que día a día experimentamos infinidad de emociones, nos es muy difícil definirlas. Las emociones se viven, se sienten, se reconocen, pero sólo una parte de ellas se puede expresar en palabras o conceptos. ¿Quién puede decir lo que sintió cuando vio morir a un ser querido?, ¿o cuando vio nacer a su hijo?

Es muy difícil tratar de encerrar en una palabra la alegría o la tristeza, pero no así sentirlas a plenitud. No hay ser humano que pueda vivir un solo día sin experimentar alguna emoción. No podría. Tendría que estar muerto. Porque la sensación de sentirse vivo no se produce con el simple hecho de abrir los ojos y mover el cuerpo, sino por la emoción que nos produce ver salir el sol, recibir un beso, oler la hierba recién cortada.

Si huelo, si como, si me acarician, si abrazo: recuerdo. Con el recuerdo vienen conceptos, ideas, imágenes. Por ejemplo, olemos la hierba recién cortada y decimos: ¡Mmmm, huele como los domingos de mi niñez cuando mi padre cortaba el pasto! Inmediatamente viene a nuestra mente la figura de nuestro padre, la del jardín de nuestra casa y nos emocionamos.

Con la emoción, nos vienen ideas: esos intentos de elaboración racional que buscan atrapar en un pensamiento o en una imagen aquello que hemos experimentado sensiblemente.

Posteriormente, surge el deseo de convertir en palabras la imagen que representa nuestra emoción, y si logramos hacerlo, la alegría que nos embarga puede ser tan grande que nos sentimos obligados a compartirla con alguien más. Desgraciadamente, en las ciudades se vive tan rápido que es imposible que una persona le pueda contar a otra todos los pensamientos que tuvo en un día. En algunos países, la pura intención de compartir emociones y pensamientos con otros se considera una falta de tacto, casi como una conducta antisocial o como un atentado contra el «sano» ejercicio de la competencia, es decir, de la individualidad. Algunas sociedades han hecho esfuerzos extraordinarios para evitar el contacto físico y espiritual de unos con otros. Se nos dice que la confianza y la cercanía nos vuelven vulnerables. En todo momento se promueve y se enaltece la desconfianza y se estimulan los más aberrantes extremos de individualismo, que en realidad no son más que máscaras patéticas de una sociedad «moderna» a la que le estorban las emociones.

Basta con que nos asomemos a las principales calles de las ciudades norteamericanas, por ejemplo, en las horas en que los empleados salen a tomar sus «alimentos», para que observemos que cada uno de ellos ocupa un sitio en alguna escalerilla bien pulida, frente a uno más de los muchos impecables rascacielos, mientras devora, más que come, una comida rápida, lo más pronto posible para no perder tiempo en la carrera por ser el «mejor», sin siquiera intentar volver el rostro para ver a los que lo rodean y sin preocuparle un comino lo que su compañero de junto piense o sienta. No le importa si está triste o no. Si necesita hablar o no. Si el bocado que tiene en la boca le recordó a su abuela, o a su hijo muerto en la guerra. Qué importa. No puede perder los pocos minutos que tiene para comer en intimidades.

Si usted pertenece a ese gran conglomerado de trabajadores, no se desaliente. Para su consuelo, aunque contara con el tiempo suficiente para escuchar todos los pensamientos de sus compañeros de trabajo, no podría, pues los seres humanos encontramos gran dificultad para compartir la multitud de pensamientos que somos capaces de emitir en las veinticuatro horas del día, no sólo por su enorme cantidad sino porque ni siquiera somos capaces de recordarlos todos, ya no se diga darnos cuenta de que esa abundancia de pensamientos ¡siempre estuvieron acompañados por emociones!

Vivimos emocionados y pensando. Cualquier cosa que una persona mencione, cualquier frase dicha, desde un simple comentario, aparentemente inocente, hasta un pensamiento filosófico profundo, reúne dos condiciones: es la manifestación de un pensamiento, pero también la inevitable expresión de una emoción.

Por mucho tiempo hemos considerado equivocadamente que el pensamiento y la emoción eran cosas distintas, que podían se-

pararse. Que la mente del hombre funcionaba mucho mejor sin la interferencia de estados emotivos, ¡como si fuera posible ignorar las emociones! Sobran ejemplos en la historia pasada y reciente que comprueban hasta dónde hemos sido capaces de llegar los hombres con tal de reducir la emoción a una categoría de primitivismo y compararla con una falta de desarrollo humano.

Si reflexionamos en los esfuerzos que hizo el Neoclasicismo europeo para evitar en casi todas las manifestaciones culturales la presencia del impulso emocional, o si nos ponemos a pensar en el empeño que han puesto las «Academias» para dictaminar y regir el flujo emocional del acto creativo y para censurar todo asomo de irracionalidad o emoción no «canonizada» por ellos, o si consideramos la violencia que ha desatado el gobierno chino, para acabar con toda forma de sensibilidad y emotividad cultural en el Tíbet, empezando por la destrucción de las manifestaciones artísticas y religiosas, por considerar que su contenido fuertemente emotivo pone en peligro la estructura monolítica de sus principios políticos, nos daremos cuenta de que la humanidad ha convertido la relación entre las emociones y el pensamiento en un hecho casi irreconocible.

Curiosamente poco antes del final del siglo XX que tanto se ha empeñado en devaluar la emoción, es cuando se ha comenzado a hablar de eso que se llama la inteligencia emocional y se ha tomado consciencia de que el estado emocional de una persona determina la forma en que percibe el mundo. Esta afirmación no entraña ningún misterio si tomamos en cuenta que el cerebro funciona mejor con una correcta irrigación sanguínea, que el encargado de sostenerla es el corazón y que el funcionamiento del corazón está determinado en gran parte por las emociones. No late de la misma manera un corazón deprimido que uno gozoso, y por lo tanto, no envía al cerebro la misma cantidad de sangre. Por lógica, podemos deducir que un estado emocional altera y determina la forma en que el cerebro procesa la información que obtiene del mundo exterior. Todos sabemos que un cerebro sin irrigación sanguínea es un cerebro muerto. Lo que no tenemos muy claro es si un corazón risueño lo mantiene en mejor estado que un corazón disgustado. De ahí la importancia del conocimiento de las emociones.

Y ¿qué es una emoción? El diccionario nos dice que la raíz latina de la palabra emoción es *emovere*, formada por el verbo *«motere»* que significa mover y el prefijo *«e»* que implica alejarse, por lo tanto la etimología

sugiere que una emoción es un impulso que nos invita a actuar.

A actuar ¿cómo y cuándo? Eso lo determina el tipo de emoción. Con los nuevos métodos para explorar el funcionamiento del cuerpo y del cerebro, los investigadores descubren cada día más detalles bioquímicos y fisiológicos para explicar cómo es que una emoción prepara al organismo para una clase distinta de respuesta.

Desde que el hombre apareció en la superficie de la tierra, contó con dos sistemas que lo ayudaron en su labor de supervivencia: el Simpático y el Parasimpático. Se trata de dos sistemas primitivos, pero que hasta el presente nos acompañan y entran en acción no sólo en momentos de peligro, sino que desempeñan un papel importante en cada aspecto de nuestra vida diaria, minuto a minuto. Sin ellos no podríamos subsistir pues sucumbiríamos ante los retos externos e internos a los que nos vemos expuestos.

Ocurre, como regla general, que mientras más primitivo es un componente del Sistema Nervioso Central, menos dependiente es de las funciones cerebrales más sutiles y desarrolladas de la corteza. Tal vez de ahí que el nombre correcto para llamar a este sistema primitivo sea el de Sistema Nervioso Autónomo. Aunque el Sistema Nervioso Central tiene cierto grado de influencia sobre la expresión del Autónomo, la mayor parte de sus reacciones son totalmente autónomas y es por esto que los seres humanos pasamos trabajos para controlar la manifestación espontánea de nuestras emociones.

La zona más primitiva del cerebro es el tronco cerebral que rodea la parte superior de la médula espinal y que regula las funciones vitales básicas del ser humano, como son la respiración y el metabolismo. A partir de esta raíz cerebral surgieron los centros emocionales y millones de años más tarde, a partir de esas áreas emocionales, evolucionó el cerebro pensante o «neocorteza». Es importante reflexionar en torno al hecho de que el cerebro «pensante» surgió del «emocional», pues nos revela que el cerebro emocional existió mucho tiempo antes que el racional. Sin embargo, ¿qué fue primero, la gallina o el huevo?, ¿el pensamiento o la emoción?

Por ejemplo, cuando nos vemos expuestos a una situación de peligro donde está en juego nuestra vida, no nos detenemos a pensar «necesito producir adrenalina para salir de ésta», el sistema nervioso actúa por nosotros poniendo a funcionar de forma automática ya sea el sistema Simpático o el Parasimpático, dependiendo de la forma en que queramos encarar la situación: enfrentándola o huyendo.

Cuando el terror es muy grande, nos paraliza por completo y nos deja incapacitados para luchar. En ese caso, lo más probable es que perdamos el control de nuestros esfínteres, pues nuestro estado psicológico pone a funcionar el sistema Parasimpático. Una vez que hemos orinado o evacuado, tal vez lo que provoquemos en nuestro enemigo sea lástima y puede que nos deje en paz, y si no, nuestra relajación muscular al menos reducirá el dolor que nos pueda provocar el ataque.

Ahora bien, si ante el mismo estímulo, una persona en lugar de huir decide enfrentar el problema y atacar, ocasionará que el sistema Simpático entre en acción. Aparentemente sólo tenemos dos opciones: atacar o huir. Dependiendo de la reacción que elijamos, vamos a terminar con la boca seca o con los pantalones mojados. Bueno, nunca es así de simple, pero este ejemplo nos servirá para mostrar las diferencias entre un sistema y otro.

Cuando una persona se decide a atacar, generalmente lo que el sistema Simpático provoca es lo siguiente:

1) Como el cerebro necesita pensar de una manera más clara y rápida que en circunstancias normales, las arterias que llevan sangre al cerebro se dilatan al máximo para permitir que la irrigación sanguínea se incremente de manera sustancial.

2) El ritmo cardíaco se incrementa para poder responder a la demanda metabólica del cuerpo. No sólo tiene que enviar sangre al cerebro sino a los músculos de todo el orga-

nismo, para que estén en condiciones óptimas de correr o de golpear al enemigo. La sangre que cotidianamente circula por las venas no es suficiente en estos casos, se necesita un tipo de torrente sanguíneo mejor oxigenado y que contenga una cantidad extra de los nutrientes necesarios para mantener una respuesta metabólica adecuada. El más importante de estos nutrientes es el azúcar. Con más oxígeno y más azúcar en la sangre, el cerebro y los músculos pueden hacer maravillas.

3) A fin de tener más oxihemoglobina, las vías respiratorias se dilatan al máximo permitiendo que la capacidad vital —la cantidad de aire que entra y sale de los pulmones cada minuto— crezca todo lo que sea necesario para que un individuo pueda con el reto que tiene que enfrentar. La respiración, pues, se hace más profunda y rápida durante una descarga simpática, dando como resultado una respiración agitada por nariz y boca.

4) Con el objetivo de poder ampliar el campo visual, la pupila se dilata, permitiendo al individuo ver con más claridad todo lo que le rodea, ya que en una situación de peligro es importante ver mejor, pensar más rápido y estar capacitado para desplazar el cuerpo de forma veloz.

5) El hígado, por su parte, también desempeña un papel fundamental, pues es el encargado de convertir rápidamente carbohidratos complejos y grasas en glucosa, para lo cual recibe una dotación extra de sangre. A esto se debe que algunos individuos bajo una situación de estrés crónico sean más susceptibles que otros a desarrollar la diabetes.

Todas estas reacciones en cadena se suceden sin que podamos impedirlo y muchas veces ni siquiera tenemos conciencia de lo que pasó dentro de nuestro cuerpo. Si alguien nos pregunta, horas más tarde del incidente, oye, ¿qué te pasó?, a lo más que llegaremos es a expresar «pasé un gran susto», pero nunca diremos «fíjate que, como me asusté, envié sangre a mis músculos para poder correr y mi hígado convirtió carbohidratos complejos en glucosa», y mucho menos a la conclusión de que un pensamiento y una emoción crearon química dentro de nuestro organismo sin que lo pudiéramos controlar.

¿Qué es lo que determina que una persona tenga control sobre su sistema nervioso autónomo y otra no? ¿El nivel socioeconómico? Lo dudo. ¿El grado de estudios? Puede ser. ¿El desarrollo espiritual? ¡Ojalá! ¿O una combinación de los tres? No lo sé. Pero conozco personas que pueden controlar sus emociones de una forma sorprendente, aunque desafortunadamente son las menos, y salvo que se trate de un individuo con un alto grado de desarrollo espiritual, en la mayor parte de los casos el control resulta ser una forma patológica de reprimir la libre expresión de nuestra condición humana, que provoca graves trastornos y deterioros físicos y psicológicos.

Si bien es cierto que la emoción es una energía que nos impulsa a actuar, en algunos casos esa «acción» implica contradictoriamente una parálisis. Por ejemplo, una persona deprimida puede convertir el impulso de sus emociones en formas dramáticas de inmovilidad. Sin embargo, es innegable que la depresión es el resultado de un proceso emocional que tiene un impulso activo auténtico. Se puede decir que la depresión es una concentración de impulsos de acción aplicada en sentido inverso. Dicho de otro modo, se necesita de un fuerte impulso emocional para poder mantener el nivel de inmovilidad que una depresión severa produce.

Como vemos, una emoción puede tener el poder destructor del rayo o puede ser el suspiro más tranquilo y vivificador que un ser humano pueda experimentar. Nuestro cuerpo está acondicionado para sentir los dos tipos de reacciones y eso depende de cada individuo:

una emoción puede ser experimentada por

uno como un rayo y por otro como un suspiro. Uno como un estímulo que mata, que daña, que provoca que el hígado funcione mal, que afecta a la vesícula, que hace que la persona se ponga nerviosa y no pueda expresarse claramente, y otro, como un río que refresca, que anima, que provoca una sonrisa en cada uno de los órganos del organismo con los que hace contacto.

Aparentemente existe una «filosofía» emotiva que influye en el estado corporal. Todo depende de lo que uno pensó en el momento de recibir un estímulo para que el resultado emotivo sea distinto. Por ejemplo: dos personas se enteran de la muerte repentina de alguien. Una de ellas era su hermana y la otra sólo lo conocía superficialmente. La hermana piensa que es una desgracia que el hermano se haya muerto en estas condiciones y la otra persona piensa que está bien que haya descansado. La primera tendrá dificultades para aceptar el fallecimiento y el cuerpo reaccionará en consecuencia. La segunda aceptará el hecho y no sufrirá ninguna consecuencia.

Cada vez que un ser humano se niega a aceptar una emoción que ya nació, que surgió como reacción natural y no elegida, que brotó porque no hay tiempo ni forma de andar escondiendo emociones, ya que forman parte del «contratiempo» de andar escuchando, mirando y tocando, se altera todo el funcionamiento de su cuerpo. Todo consiste en lo que opine, así de simple y así de complicado. Si una persona opina que la flor que le acaban de regalar es desagradable y se molesta, modifica un poco el funcionamiento de su hígado y otro poco el ritmo de su corazón. Si el pensamiento persiste, la incomodidad aumentará hasta enfermarlo. En cambio, si a pesar de que nos desagrada la persona que nos regala una flor, aceptamos la flor sin discutir, convertimos la flor en flor interior.

Si uno tuviera la paciencia de no discutir

con uno mismo la emoción que está sintiendo ni de clasificarla en buena o mala, la emoción produciría sin reservas la reacción adecuada. El golpe, en el caso de la ira, el llanto en el caso de la tristeza, o la risa en la alegría. Sin embargo, lo que la persona acepta y reconoce como emoción y le hace decir estoy triste o estoy enojado, no es más que el resultado de una cadena de reacciones, que a su vez generan otra cadena de reacciones. Dicho en otras palabras, lo que hago me produce una emoción determinada y esa emoción, me provoca una acción.

A mi ver, si las emociones tuvieran cuerpo y las pudiéramos cortar con la ayuda de un bisturí, descubriríamos que debajo de ellas hay tres capas perfectamente definidas:

A) Es la base y está formada por la esperanza que todos los seres humanos tenemos de sentirnos mejor, por la búsqueda del bienestar.

B) Encima de la esperanza está todo lo que el ser humano quiere. Estos «quieros» no son otra cosa que sus deseos, sus necesidades, sus metas en la vida.

C) Por último se encuentran las capacidades y las habilidades que el hombre tiene para lograr lo que quiere. Todo aquello que «sabe» a nivel consciente que puede realizar. Puede ser el caso que él quiera ser bailarín, pero «sabe» que no tiene ritmo.

Por ejemplo, yo quiero sentirme mejor y decido ir a comer a casa de mi madre pues ella prepara un puchero como nadie. Yo quiero comer ese puchero, aunque estoy consciente de que sólo puedo comer un plato pues por las noches se me dificulta la digestión. Cuando llego a su casa y como el plato de puchero experimento mucha felicidad. Si analizamos esa alegría nos vamos a encontrar los elementos A, B y C amalgamados en una sola unidad. Los tres forman un conjunto de realidades que laten al mismo ritmo: el «deseo sentirme mejor», el «quiero» y el «puedo» dan como resultado una emoción, en este caso placentera.

Pero ahora voy a dar un ejemplo contrario:

Un hombre va caminando por la calle. Tiene el mismo deseo de ir a comer a la casa de su madre. De pronto lo sorprende un perro rabioso y lo muerde. El hombre grita desesperado. Acuden en su ayuda algunas personas y le quitan el perro de encima. El hombre experimenta simultáneamente susto y dolor y los clasifica como cosas desagradables. Ahí, tirado en el piso, se siente como un pájaro sin alas, sin fuerza y sin saber cómo combatir. No sabe que desde que el perro apareció y lo mordió la base A se empezó a transformar y en lugar de repetir «tengo la esperanza de sentirme mejor» comenzó a decir «me siento mal». ¿Qué pasa en la fase B? ¿En el «yo quiero»? Pues que el individuo se empieza a lamentar de todo aquello que ya no puede hacer: ya no va a comer en casa de su madre, tal vez tenga que ir al hospital, ya no podrá regresar al trabajo, o asistir a un baile o a lo que sea. Por último, en la fase C la persona llegará a la conclusión de que no pudo reaccionar correctamente. Se culpará por haber elegido precisamente esa calle para transitar, el no haber dado una patada en el hocico al perro, el no haberlo visto a tiempo y todo esto se va a convertir en el «no supe» o «no sé».

La negación de la habilidad en la C, la negación de obtener lo que se quiere en la B y la negación de la posibilidad de sentirse mejor en la A van a dar como resultado una emoción ya sea de desesperación, de ira o de violencia. Si, por el contrario, el hombre hubiera dicho —acepto el dolor, acepto la sangre y no me opongo a lo que está pasando— y se hubiera mantenido en esa actitud de aceptación, se hubiera creado una emoción totalmente diferente, pues el pensamiento, como ya lo hemos dicho, crea química dentro del cuerpo humano. Al aceptar la experiencia hubiera encontrado paz y hasta hubiera terminado comprendiendo al perro. Se hubiera ubicado muy por encima del concepto de si el perro era bueno o malo, si estaba enfermo o no y al pasar del tiempo recordaría ésa como una buena experiencia, pues todo aquello de lo que se puede hablar sin que cause un efecto desagradable se convierte en positivo.

Es muy interesante analizar las emociones desde esta óptica, pues al analizar los componentes A, B y C de cada emoción podremos descubrir cuáles son las esperanzas, los sueños, los «quieros» y los «puedos» de las personas que nos rodean, ampliando con esto nuestra capacidad de comprensión y de aceptación de los demás. Sabremos, también, la razón por la que el vecino quiere comprar tal automóvil o por la cual nuestra amiga se hizo una liposucción, o el motivo por el que nuestro sobrino le teme a las arañas, o por el cual les molesta a los críticos el éxito de la literatura escrita por mujeres.

El análisis de las emociones es vital para un mejor conocimiento del ser humano. Si llegamos a comprenderlas y aceptarlas adecuadamente tal vez lleguemos a la misma conclusión que muchos sabios antes de nosotros.

Ya los antiguos griegos construyeron un gran altar a los pies de la Acrópolis de Atenas dedicado a las Erinas, las llamadas Furias vengadoras de la sangre. Al hacerlo, convirtieron a esas diosas terribles en las Euménides, las bienhechoras. Lo hicieron una vez que aceptaron el valor del pasado, el origen primitivo de las emociones y supieron darles un lugar dentro de su mundo civilizado y racional. El templo de las Euménides es tan grande e importante como el de la Sabiduría: el Partenón de Atenea. Dándole a cada uno su lugar, los griegos expresaron su profunda percepción de la realidad humana y con ello cumplieron la máxima délfica que invitaba al verdadero crecimiento: «Conócete a ti mismo.»

II

La palabra y la imagen como generadoras de emociones

¿Qué es lo que nos lleva a sacar una foto del cajón de los recuerdos? ¿O a leer la primera carta de amor que recibimos? ¿O a buscar en el baúl de los recuerdos la rosa marchita que nos dieron en aquel baile inolvidable? ¡El deseo de revivir una emoción! El deseo de volver a sentir el mismo amor. Los recuerdos de tipo material pueden envejecer. Llegamos a gastar tanto las cartas que a veces se empiezan a deshacer en nuestras manos, pero las imágenes en nuestra mente, no. Ésas quedan intactas. Lo mismo que las emociones. Ahí están, tranquilas, al lado de nuestros recuerdos, dispuestas a ayudarnos a vivir nuevamente. Esperando la orden de ¡acción! para llenar nuestro cuerpo de alegría. Para poner en circulación la sangre, para proyectar en la mente nuestra primera entrega amorosa. Y volvemos a sentir como si lo estuviéramos experimentando en ese mismo instante el contacto con otros labios, con otra piel, con otra saliva, y puede que hasta nos sonrojemos. Uno siempre busca repetir una experiencia a través de las imágenes y las palabras.

Desde Aristóteles hasta los investigadores modernos, coinciden en que hay una tendencia natural del hombre a aprender por medio de la imitación. Se ha descubierto que cuando una persona observa el rostro sonriente de otra, tiende a repetir el mismo gesto. Algunos lo atribuyen al hecho de que mediante la mímica motriz podemos apropiarnos del humor ajeno.

A mi ver, no sólo se trata de una imitación. Cuando estamos cerca de una persona sonriente, nos vemos contagiados por su emoción. Se puede decir que las emociones forman parte de un sistema de impulsos eléctricos que atraviesan cada una de nuestras células. Una emoción es energía en tránsito, energía que se desplaza, y desde esa óptica, ¿qué le impide salir de los límites del cuerpo que la produce para internarse en los de otra persona? Esto, aparte de sonar un poco erótico, nos habla de que existe el intercambio de emociones. Que la emoción, vuelta energía pura, puede ser materialmente transmisible a través de impulsos eléctricos. En ese sentido, el estado emotivo de un ser humano influiría radicalmente en su entorno. De la misma forma en que todo lo que vemos, escuchamos, tocamos, comemos, entra en nuestro cuerpo y nos impulsa a actuar. Un olor desagradable nos invita a alejarnos de una comida en descomposición, y por el contrario, un aroma sugestivo nos invita al acercamiento, a la caricia, al placer. Una situación de peligro nos empuja a luchar o a huir. En el fondo siempre vamos a tener dos opciones: acercarnos o alejarnos. Sentirnos bien o sentirnos mal. Vivir o morir. Y ése es el gran dilema. El problema de fondo.

Sin embargo, algunas veces, en lugar de alejarnos de aquello que nos daña, nos acercamos. ¿Qué es lo que nos conduce a actuar de esa manera? Una idea inoculada en el fondo de nuestra mente en los primeros años de nuestra vida. Una idea más fuerte que el poder de supervivencia. La idea de que no somos lo suficientemente buenos. La creencia de que no nos merecemos otra cosa que el mal trato, en otras palabras, tener una baja autoestima. De otra forma no es posible explicar por qué una persona en su sano juicio viviría al lado de una pareja que la humilla constantemente. Y en el terreno de la sociología sería interesante analizar cuál es el motivo que conduce a una sociedad a contaminar el agua del río donde bebe. O a destruir sus reservas ecológicas. ¿Se puede hablar de una nación o de un grupo social con baja autoestima y con deseos de autodestrucción? ¿Que no se dé cuenta del peligro que corre como especie? ¿Y que actúe de manera irresponsable y ciega aun en contra de uno de los más fuertes instintos?

Porque desde el momento en que nacemos sabemos que nuestra vida puede terminar de un momento a otro. Y la incertidumbre frente a lo desconocido nos provoca una gran inseguridad. No se puede negar que tras una emoción intensa provocada por una situación de peligro, siempre aparece el pensamiento que nos dice «esto me pudo haber destruido. ¡Qué susto pasé!». El instinto de supervivencia es uno de los más fuertes en todas las especies.

Desde la época de las cavernas los hombres primitivos trataron de representar en imágenes todo aquello que daba sentido a su vida, que les ayudaba a comprender el mundo, para responder a una pregunta básica: ¿qué hago yo aquí? ¿cuál es el sentido de mi existencia? Yo pienso que desde el mismo momento del nacimiento uno tiene ese mismo interrogante. Pero para encontrar la respuesta uno tiene que vivir. Y para mantener la vida uno tiene que enfrentarse día con día a los retos que ésta nos ofrece. Para un hombre primitivo, el dominio de su medio ambiente era primordial para lograr mantener la vida. Las emociones como la ira o el miedo le eran de gran ayuda, pues lo pertrechaban tanto en la lucha como en la huida. Si acaso se enfrentaba al contrincante y salía triunfador del combate, era fundamental transmitir su experiencia a los demás miembros de su clan, para que ellos obtuvieran también el beneficio de saber cuál era la mejor forma de cazar o de obtener alimento, pues antes el bienestar común era el bienestar individual y viceversa. Mientras más miembros tuviera una tribu, mayores eran las esperanzas de vida de la especie humana. Un miedo en común era una meta común.

Por eso era tan importante repetir todo aquello que funcionaba. Si un golpe en la base del cráneo mató a un lobo salvaje, la próxima vez que se encontraban con uno procuraban asestarle un palo en el mismo sitio. Si un gesto de la mano ahuyentaba a una mosca, pues venga, a repetirlo. Era importante recordar los gestos y las acciones efectivos para conservar lo más importante: la vida. Aquel que más información tuviera, era más valioso para el grupo, se convertía en líder natural.

¿Se imaginan el desconcierto que la muerte de un gran líder podía ocasionarles? ¿A dónde se había ido? ¿A qué lugar iban los muertos? ¿Dónde quedaba toda la experiencia acumulada? ¿Se moría con él? No lo podían permitir, tenían que continuar repitiendo sus mismos gestos, sus mismas palabras, su misma risa para mantener viva la experiencia colectiva, para hacer perdurar la memoria de la tribu.

El deseo de conservar la vida, de mantener en perfecto estado todo aquello que se consideraba valioso, de inmortalizarlo, tal vez fue el motor que impulsó el surgimiento del arte. Si nos paramos frente a una pintura rupestre, no sólo veremos la representación de lo que otros ojos vieron miles de años atrás y que quisieron compartir con nosotros, sino lo que desde su punto de vista consideraron importante preservar. Ése es uno de los aspectos que más me interesan del arte. Por un lado, el deseo de inmortalizar, y por el otro, el de compartir. Ante la certeza de que una flor se marchitará, existe la posibilidad de pintarla, de crear un mito alrededor de ella para que siempre viva en la memoria colectiva, para que su olor llegue a las generaciones futuras con la misma intensidad que en el presente.

En el capítulo anterior hablé de la posibilidad de analizar las esperanzas, los «quieros» y los «puedos» contenidos en una emoción. Lo mismo sucede con cualquier obra artística. Si pudiéramos sacarle una radiografía emotiva, nos revelaría cuál fue el estado emocional de la persona que la realizó y, por consecuencia, cuáles eran sus deseos, sus miedos, sus conocimientos, las técnicas y utensilios que conocía y su habilidad para convertir todo un caudal de emociones en imágenes, en sonidos, o en palabras con la intención de encontrarle un sentido a la salida del sol, de la luna, a la luz de las estrellas, al agua de los ríos, al viento, al rayo.

El deseo de trascender la muerte nos habla al mismo tiempo de la inseguridad que se tiene en la vida eterna. Una persona convencida de que la extinción del cuerpo y la del alma son la misma cosa, buscará a toda costa la manera de ser nombrado, de crear una obra que lo haga permanecer en la memoria colectiva, de obtener fama. De seguir vivo. Tal vez por eso la representación del verde nos da tanta tranquilidad, pues uno lo relaciona con el florecimiento de la vida. Y quizá por lo mismo, el hombre equivocadamente encontró en el oro la representación de lo duradero, de lo que no se desgasta ni se transmuta ni se oxida, ni desaparece y empezó a acumularlo como una forma de conservar la vida.

Pero en general hay dos grandes corrientes de artistas, la de los que escriben, o pintan o fotografían con la intención de capturar la realidad tal y como es, para guardar memoria de lo que somos, de lo que nos ha pasado, y otro tipo de artistas que interpretan esa realidad, que la representan en imágenes o situaciones que más tarde ponen ante nuestros ojos con la intención de amplificar aspectos de la realidad que no percibimos o que no queremos ver. En ambos casos las obras artísticas son las representaciones de un pensamiento, pero también de una emoción. Cada imagen representa un esfuerzo humano para hacer coincidir estados emotivos del pasado con sensaciones que se reconstruyen en el presente por medio de la evocación. Cada imagen es memoria. Cada parte constitutiva de la imagen representa pedazos de vida pasada concentrados en el presente. La imagen es nuestra necesidad de recordar para no olvidar.

Aristóteles, en su *Arte Poética*, al tratar de explicar racionalmente los mecanismos que permitían al hombre construir una creación ficticia de la realidad, expresada en forma de imitaciones, distingue claramente tres maneras en que se puede realizar la mímesis:

1) Imitar un objeto con elementos que son de la misma naturaleza que los del objeto imitado, por ejemplo, cuando se imita el sonido de un pájaro a través de un silbido o por medio de un instrumento musical de viento.

2) Imitar objetos de distinta naturaleza. Porque podemos imitar de la misma manera y con los mismos resultados ya sea a un pájaro, a un bisonte o a otro ser humano.

3) Imitar objetos no de manera literal sino dando una versión deformada o alterada de ellos. Esto quiere decir que podemos pintar un bisonte con un tamaño más pequeño que el de un hombre, o un pájaro con tres ojos.

Cada una de estas formas de imitación corresponde con los mecanismos a través de los cuales los seres humanos fueron capaces de desarrollar imágenes.

Por otra parte, Aristóteles nos declara que esa tendencia imitativa le permitió al hombre distinguir los objetos y aprenderlos. Y por medio de la distinción tomar conciencia de su propio ser. En ese sentido, el fenómeno de transmisión de emociones a través de signos faciales pudo ser el modelo que sirvió de referencia para producir imitaciones por medio de imágenes fuera del cuerpo. No es impropio pensar que el ser humano vivió un proceso de desarrollo que empezó con la expresión muscular de sus emociones, siguió con la necesi-

dad de manifestar esas mismas experiencias por medio de imágenes, y terminó con la aparición de un punto intermedio entre imagen y gesticulación emotiva: la palabra.

La expresión de los estados emotivos permitió al hombre primitivo establecer un sistema de comunicación eficaz dentro y fuera del grupo. Es probable que el líder de una tribu expresara su autoridad por medio de gestos, que los cazadores anunciaran la cercanía de la presa a través de una seña con la mano, o que el miedo común a la oscuridad se manifestara con gruñidos siempre idénticos. De la imagen física de la emoción a su expresión en palabras no habría más que un paso.

Es obvio pensar que la articulación de palabras fue el resultado del sonido que provocó una emoción, y que a partir de entonces se identificaría con un estado del alma. Y así, las palabras y las imágenes se reprodujeron a sí mismas. De cada sonido original que designaría al miedo, por ejemplo, se desprendieron otros sonidos afines para precisar diferentes matices de la percepción del temor.

Mientras más avanza la historia de la humanidad más lejos quedamos de aquellos impulsos originales que propiciaron la formación de palabras. Sin embargo, el fondo de una de ellas sigue conectado con la emoción primigenia que las produjo, a pesar de nuestra necedad racional.

En ese orden de ideas, pronunciar una palabra sigue significando invocar una emoción pretérita, que sigue generando un grado específico de tensión muscular en el cuerpo de quien articula esos sonidos. Sólo los grandes poetas han sido capaces de desentrañar los misterios ocultos de la raíz emocional de las palabras. Porque más allá de las etimologías, la palabra encierra otras voces. ¿Cuánta descarga emocional se producirá en nuestro ser al pronunciar la palabra paz o la palabra amor? ¿Cuántas y cuáles emociones puede despertar la pura repetición de un poema de san Juan de la Cruz, de Dante, o de sor Juana Inés de la Cruz? ¿Cuántas emociones diversas puede provocarnos una palabra de amor susurrada al oído? ¿Cuánta amargura puede dejarnos una frase hiriente?

De hecho, si nos detuviéramos a considerar el poder invocador que tienen las palabras, tendríamos que hablar forzosamente de la Cábala.

La Cábala, como su nombre indica, era una tradición. Esa tradición se sustentaba en la idea de que Dios había transmitido su presencia por medio de un Nombre susurrado a los oídos de Moisés. Esa palabra contenía la verdad y el sentido de todas las cosas, era el Dios mismo. Siguiendo una tradición secreta, el Sonido aquel fue aprendido sólo por iniciados a través de muchas generaciones. Sin embargo, según los postulados de esa tradición, el Nombre se perdió y hubo que compensar su ausencia con un sistema de búsqueda que mezclaba el poder de las palabras con el conocimiento de los números y sus combinaciones secretas: la Cábala.

¿No sería maravilloso que ese Nombre perdido fuera la palabra amor? ¿Que lo que pasó fue que Dios, en el momento de la Creación, experimentó un gran amor y que esa energía quedó impregnada en cada planta, piedra, animal o materia orgánica que forma el universo? Si eso fuera cierto, tal vez lo que Dios le dijo a Moisés en el oído fue que para sentir la presencia divina bastaba con experimentar amor. ¿No sería sensacional descubrir que todos estamos dotados de ternura, de esa capacidad para dar y recibir amor y que la ejercemos invariablemente en el momento de emocionarnos con todo lo que vemos, tocamos, oímos o saboreamos? ¿Vivimos tan confundidos que no nos damos cuenta de que día con día llenamos nuestros pulmones de pedacitos de comprensión y amor de altísimo nivel?

En fin, explicado de otra manera, el poder de invocación que tiene la palabra funciona como los números telefónicos. Si queremos entrar en comunicación con determinada persona sólo tenemos que marcar la combinación de números correcta. De la misma manera, una cierta combinación de letras forma una palabra que nos conecta con un mundo de emociones y significados. Casi todas las fórmulas mágicas sostienen la idea de que las cosas en el Universo están sometidas a la determinación de sus correspondencias. Es decir, que la materia está ligada con una realidad espiritual, con un astro, con un metal, con una planta, con uno de los cuatro elementos, con una manifestación angélica y finalmente con Dios.

En ese sentido, la palabra es la clave de una correspondencia misteriosa, la llave para abrir la puerta del mundo de las verdaderas significaciones. El conocimiento de las palabras mágicas le permite al mago descubrir el poder interior de las cosas. De ahí la importancia de pronunciar correctamente «Abracadabra». Si nos equivocamos al deletrearla o nos olvidamos de una de las letras que forman la palabra, la fórmula mágica no surtirá efecto y la puerta que queremos abrir quedará cerrada para siempre. Por eso es innegable la importancia que tuvo la memoria en las épocas históricas en las que el ser humano no dependía de la escritura para fijar sus ideas y conocimientos. Y no sólo me refiero a la etapa primitiva en que el hombre no había desarrollado la escritura, sino a esas muchas otras épocas, que siguen existiendo ahora mismo en muchas partes del mundo, en que la población no sabía leer ni escribir, o que sabiéndolo no lo hacía y que su comunicación con el pasado dependía íntegramente de su capacidad de memorizar por medio de imágenes los datos transmitidos de boca en boca.

Si pensamos en el Renacimiento europeo, por ejemplo, o en la última etapa de la Edad Media, cuando grandes grupos dependían de su capacidad de memoria para manejar datos indispensables en la vida cotidiana, ya fueran de orden moral, social o religioso, necesariamente tenemos que hablar de los mecanismos y técnicas que se desarrollaron para estimular el «Arte de la Memoria». Recordemos, para hablar sólo de dos casos, esos fenómenos culturales que representan la necesidad medieval de recordar: los cantos gregorianos y las catedrales góticas. Cada uno de ellos, verdadero monumento a la memoria, construido a base de imágenes y palabras.

Conviene aclarar que el ejercicio de la nemotecnia no era sólo para aquellos que no sabían leer y escribir sino particularmente para los que requerían conservar una gran cantidad de datos frescos en la memoria, especialmente para quienes se dedicaban a cultivar las formas más elevadas de estudios filosóficos o mágicos.

Casi todas las formas de nemotecnia sugieren que la relación entre la imagen y la memoria es indisoluble. Las técnicas invitan a

crear espacios imaginarios para colocar ahí secuencias de palabras, de objetos o de personas. Por ejemplo, dentro de un espacio que vamos a nombrar «rayo», guardamos las palabras: perro, María, piano. Una vez que cada uno de ellos ha sido colocado en ese «espacio» particular, bastará evocar el nombre de «rayo» para que las cosas ahí guardadas, o sea, las palabras perro, María, piano, vengan a nuestra mente y vuelvan a tener presencia efectiva.

De la misma manera se graban eventos en nuestra mente. Ejemplo: una tarde lluviosa Pedro conducía un automóvil por el centro de la ciudad y tuvo un accidente de tráfico en el que perdió la vida su hijo. Esto le ocasionó una fuerte depresión. Todo el evento queda amalgamado dentro del mismo «espacio» en la memoria, de manera que si vuelve a transitar por la misma esquina del accidente recordará a su hijo, al choque, y automáticamente la depresión lo acompañará toda la tarde. O puede ser que vaya conduciendo su automóvil muy lejos del lugar en el que tuvo el accidente pero empiece a llover; la lluvia bastará para hacerlo entrar en contacto con el «espacio» en la memoria y revivir la dramática experiencia.

Volvemos al primer postulado: el ser humano convierte en imágenes sus emociones. Desde los códices mejicanos hasta los emblemas europeos expresan la idea de que cada imagen contiene memorias y, por lo tanto, provoca en nosotros una infinidad de sentidos ocultos, de emociones dormidas.

Una imagen funciona como detonador de emociones sólo si se conecta con el mundo de creencias de una persona, con la opinión que tenga de sí misma o con su memoria emocional. Por ejemplo, si relacionamos el sabor de la leche materna con la vida y con el amor, de grandes buscaremos alimentos que tengan esa misma cantidad de grasas cada vez que necesitemos sentirnos amados. Pues el hombre constantemente está buscando la manera de cambiar para sentirse mejor, y para ello recurre a lo conocido, a lo ya experimentado, a lo que le ha dado buenos resultados.

En conclusión, imágenes y palabras no deben perder su cualidad de mediadoras entre el presente y el pasado, entre nuestra racionalidad y nuestras emociones. Porque son el vínculo más profundo y estrecho entre lo que sabemos y lo que reconocemos de nosotros mismos. Porque generan emociones que se convierten en nuevas imágenes y palabras. Porque crean memoria en quienes las ven o las escuchan. Y de nosotros depende que cuando nos recuerden lo hagan con alegría o con tristeza. Que las palabras que pronunciamos sanen o lastimen.

III

Emociones que sanan y emociones que enferman

Dentro del medio científico es aceptado que una persona que presencia un asesinato o que sufre una fuerte impresión de tipo emocional puede quedar ciega o sorda, pero no que podría sanar con sólo cambiar su patrón de pensamiento.

Se tiene consciencia del daño psicológico que puede ocasionar una discusión familiar, la falta de afecto o un sentimiento de inferioridad, pero no del poder curativo que una frase repetida varias veces al día nos puede proporcionar. Sin embargo, no podemos negar ni que los pensamientos negativos afectan y causan daños graves en nuestro organismo ni que una oración pronunciada con fe a veces logra respuestas milagrosas en los enfermos.

Vivimos en un Universo en constante cambio. Minuto a minuto, nacen y mueren estrellas, tormentas, arco iris, nubes, plantas, animales, seres humanos, pensamientos y... emociones. Aceptamos que el viento puede mover una nube de lugar porque lo estamos viendo, pero no que un pensamiento o una emoción, como le quieran llamar —porque, como hemos visto anteriormente, la diferencia entre ambos no es tan lejana como se había considerado—, crean reacciones físicas y químicas dentro de nuestro organismo. Aceptamos la salida del sol y de la luna, sabemos de su poder, de su influencia, incluso les rendimos tributo, pero no alcanzamos a comprender lo que nos puede beneficiar el nacimiento de una sonrisa en nuestro corazón.

Sin embargo, ya que todo en el Universo

cambia, esperamos que la tristeza, que la depresión, que el sufrimiento terminen de un momento a otro, que se eclipsen, que se desvanezcan como nubes empujadas por el viento, sin darnos cuenta de que nosotros mismos somos los agentes del cambio. Que la fuerza de una alegría puede ahuyentar el dolor o al menos hacerlo más llevadero.

No nos damos cuenta porque la mayor enfermedad de nuestra época es la depresión y el mayor mal la angustia. Y su influencia, como negros nubarrones, nos ensombrece el alma y el entendimiento.

Este terrible mal, que aqueja a millones de personas, tiene el poder de encogernos el corazón, pues cuando uno está deprimido, todo el organismo se contrae. Nuestra capacidad de actuar, de pensar, de gozar, se reduce a su mínima expresión. Estarán de acuerdo conmigo en que la vida moderna que se lleva en las grandes ciudades en nada colabora para ensanchar nuestro espíritu. Nos impone en todo momento grandes exigencias y agudiza aún más la sensación de ahogo. Diariamente hay que luchar a brazo partido por un espacio en el metro, en el estacionamiento, en los restaurantes, en los cines. Hay que soportar el ruido de los automóviles, de las fábricas, de las radios a todo volumen. Hay que llegar al trabajo en medio del tráfico, lo más rápido posible y al mismo tiempo que se cuida la cartera, se evitan los accidentes, se escapa de los asaltantes, para finalmente cumplir con un horario y poder cobrar un sueldo a fin de mes. Con todo esto, las grandes ciudades se han convertido en el mejor caldo de cultivo para las tensiones. Para mantener la tensión muscular de un órgano o de un músculo se requiere de mucha energía. Podríamos decir que cada músculo tenso es, al igual que la gota que cae de un grifo mal cerrado, una fuga constante de energía que nos produce cansancio, adormecimiento, sueño. El estrés, entre otras cosas, ocasiona la contracción y el endurecimiento de los órganos internos, y dificulta su funcionamiento. Les pone una camisa de fuerza que no los deja trabajar. Al contraerse, provocan que la membrana que los cubre se les adhiera totalmente y los imposibilite para expulsar el calor y las toxinas que guardan en su interior.

Normalmente, el calor que un órgano produce mientras trabaja es expulsado del cuerpo a través del esófago. Este largo tubo funciona como la chimenea de una fábrica, dejando salir el aire caliente. A temperaturas bajas, podemos observar claramente la salida de vapor por nuestra boca mientras hablamos. Ahora imaginen lo que pasa cuando el silencio y la soledad nos obligan a mantener la boca cerrada. Cuando, aparte de esto, el estrés obliga a nuestra maravillosa maquinaria interna a trabajar a marchas forzadas para cumplir con su labor de purificación, de transformación y de mantenimiento de todo nuestro cuerpo. La imagen más apropiada sería la de una olla express a punto de explotar. De hecho, dicen que el corazón de una persona que murió de un infarto parece como si lo hubieran cocinado.

Como vemos, la simple emisión de un sonido y su correcta vocalización nos puede evitar muchos males. En la antigüedad, los maestros taoístas descubrieron que ciertos sonidos estaban estrechamente relacionados con cada uno de los órganos y que el aprendizaje de cómo emitirlos era necesario para aliviar la depresión, la ansiedad o la ira. Es más, en el Tíbet existe un monasterio especializado en el diagnóstico y cura de enfermedades a través del sonido y los monjes pasan toda una vida aprendiendo a emitir sonidos curativos con resultados sorprendentes.

Desafortunadamente, no todos tenemos acceso a este tipo de conocimientos y, por lo tanto, estamos expuestos a sufrir las terribles consecuencias que el estrés ocasiona. El estrés, no sólo impide la liberación natural del calor producido por los órganos, sino que los obliga a trabajar en condiciones tan adversas que les ocasiona un desgaste prematuro. La única forma de aliviar la tensión y evitar el sobre-calentamiento de órganos internos es por medio de la relajación y la mejor manera es por medio de la risa.

Después de una sesión de carcajadas, nuestro cuerpo se relaja. Con la relajación viene la liberación de la energía negativa que estaba prisionera dentro de nuestro cuerpo. Las glándulas secretan todo tipo de sustancias; lágrimas, sudor, saliva. Las energías fluyen y nos proporcionan un estado de armonía. Al reír, nuestra respiración aumenta y el corazón late más rápido, bombeando más sangre rica en oxígeno a todo nuestro organismo. Como resultado, la actividad electroquímica del cerebro se incrementa y nos ponemos más alerta que de costumbre. Otro de sus beneficios es que se incrementa nuestra respuesta inmunológica.

La risa no es sólo una forma de relajarse. Según el doctor William F. Fry, emérito de la Universidad de Stanford, cien risas al día nos proporcionan el mismo beneficio que 10 minutos de ejercicio aeróbico. Ya que cuando uno ríe a carcajadas, los músculos del abdomen se tensan de la misma forma que cuando hacemos ejercicios abdominales. Los vientres abultados de los burócratas son la prueba contundente de que el trabajo que realizan no les causa risa. ¿La razón? Es un trabajo obligado, mecánico, mal pagado, impuesto por las estructuras sociales. Un trabajo que oprime, que asfixia. Y así como un órgano contraído no funciona correctamente, un individuo tenso tampoco. No puede crear, trabajar, ni producir normalmente.

Éste es el motivo por el que los directores de grandes empresas están contratando a especialistas que hagan reír a sus empleados. Claro que no lo hacen por buenas gentes sino por mezquinos. Saben que de esta manera sus trabajadores van a rendir más en su trabajo y producirán mayores ganancias económicas. Yo dudo mucho que logren buenos resultados porque para que un individuo ría tiene que existir un elemento básico: la confianza. Uno sólo ríe con miembros de su grupo, no en compañía de un jefe que lo explota.

¡Pero en fin! Volvamos a la risa. Nuestras primeras sonrisas son reflejos musculares, pero para el tercer mes de vida ya somos capaces de sonreír al ver una cara conocida y tener nuestra primera interacción social verdadera. En el pasado se pensaba que los bebés aprendían a reír al observar la risa de los adultos, pero ahora sabemos que la risa es innata, está programada en nuestro propio ser. Un científico de la Universidad de Chicago causó impacto con los estudios que realizó con niños sordomudos. No podían ver ni oír, sin embargo empezaron a reír al mismo tiempo que los niños que gozaban de sus cinco sentidos.

A los cinco años de edad, un niño promedio ríe alrededor de doscientas cincuenta veces al día. Desafortunadamente, al llegar a la adolescencia se le van acabando las razones para sonreír y su sentido del humor solamente alcanza para quince risas al día, la mayoría de las cuales son demasiado efímeras para ser recordadas. Y mejor ni hablamos de cómo le irá en la edad adulta.

La risa es una poderosa herramienta de comunicación e interacción entre las personas y no una simple reacción a un chiste. La risa une. El hecho de que los individuos que se ríen juntos se sienten parte de un grupo tiene que ver con la sensación de cercanía, de pertenencia, de complicidad que genera el humor. Hay dos formas de hacer reír a otro. Por medio de una imagen o por medio de la palabra. En cualquiera de las dos siempre está presente un deseo verdadero de dar felicidad. Este deseo auténtico y generoso modifica de una forma tajante no sólo el estado de ánimo de un individuo, sino de una colectividad, pues la risa siempre busca compartirse. Cuando escuchamos reír a otro, es casi imposible no unirnos a él.

En 1963, en lo que ahora es el territorio de Tanzania, hubo una extraña epidemia de risa. Unos niños de pronto empezaron a reír y sus risas se extendieron por toda la ciudad e involucraron a más de mil personas. Incluso tuvieron que cerrar las escuelas y se necesitaron dos años y medio para que el fenómeno se extinguiera. El *Times* informó: «Un nuevo mal, a orilla del lago Victoria, confunde a los científicos: es una enfermedad de la risa que produce síntomas que rayan en la histeria.»

Ojalá que este tipo de epidemias fueran más comunes pues aliviarían bastante la carga emotiva que arrastramos a cuestas. Los científicos que realizan experimentos sobre la tolerancia al dolor, han descubierto que la gente puede soportar mejor el dolor después de una sesión de chistes.

No sólo eso, en los consultorios dentales se utiliza el óxido nitroso, o gas de la risa, para que la gente pueda mantener una actitud relajada durante el tratamiento dental. Si el paciente logra controlar el temor y la ansiedad su dolor disminuirá. El óxido nitroso no es un anestésico, simplemente tranquiliza, relaja.

La práctica de la meditación logra un efecto parecido. Relaja, calma, tranquiliza, física y mentalmente. Si uno logra aquietar los pensamientos, automáticamente las emociones se apaciguan y le permiten al cuerpo una total relajación.

Aunque no hay muchas pruebas definitivas de que la risa cure, algunos hospitales, como el Monte Sinaí de Nueva York, están utilizando los servicios de los payasos para atender a los niños y determinar qué tan efectiva es la risa para acelerar el proceso de recuperación de una persona.

El doctor Kuhn, psiquiatra de la Universidad de Louisville, está tan convencido de las propiedades curativas de la risa que se convirtió en un comediante profesional para atender a sus pacientes. No le importa lo que la gente «seria» piense. Pues el miedo a ser considerado una persona boba, frívola y hasta cierto punto irresponsable, hace que reprimamos la risa. Y para él, la risa y sus beneficios son cosa seria.

Lo más interesante de la risa es que beneficia al que la ejercita aunque sea a través de una risa fingida. De hecho, dicen que si uno aprende bien la mecánica de la risa podría engañarse para ser feliz. ¿Será? Vale la pena intentarlo. Aunque a mi ver, el ser feliz es un poco más complejo. No sólo requiere de un bienestar físico, sino espiritual.

El ser humano siempre se pregunta ¿me siento bien o me siento mal? ¿Estoy actuando bien o estoy actuando mal?, antes de poder determinar si es feliz o no. Se guía por sus emociones para juzgar si sus acciones son correctas o equivocadas. Si con ellas obtuvo lo que buscaba. Si logró que lo quisieran o no.

Porque siempre, bajo una alegría o una tristeza está la necesidad de ser aceptado, apreciado, amado.

La necesidad de afecto es tan poderosa que es la única que en un estado de depresión puede impulsarnos a salir de nuestro encierro en busca de un olor, de un aliento con aroma de consuelo.

Esto que parece tan sencillo resulta de lo más complicado para el hombre actual, pues la comunicación entre los seres humanos, a pesar de los enormes avances de la tecnología, se ha dificultado enormemente. En gran medida a causa de la misma depresión. Uno queda tan agotado después de un día de trabajo en condiciones de tensión extremas que lo único que quiere es dormir y olvidarse de los demás. Nadie tiene tiempo, y si lo tiene, no lo quiere compartir. Todos defienden su espacio. Todos son celosos de su intimidad, de sus conocimientos, de sus logros obtenidos en el campo de batalla: la oficina. Parece que la modernidad deja poco tiempo para escucharnos unos a otros, para querernos, para consolarnos, para apapacharnos.

Si en épocas remotas era importante reunirse con los demás miembros de la tribu para compartir experiencias, ahora todo lo contrario. Si antes era importante conversar alrededor del fuego, compartir emociones, advertir sobre peligros inminentes de desastre, ahora no. Si dos seres humanos se reúnen para hablar de negocios, lo hacen con la única intención de obtener un beneficio económico. Nunca le confiarían a su competidor la amenaza de una baja en la bolsa de valores. Se reservarían la información para beneficio personal, para acrecentar su capital, pues están convencidos de que para sobrevivir es necesario tener un fuerte respaldo económico. Como si la posesión del oro les fuera a garantizar la inmortalidad. Como si la bolsa de valores fuera lo más importante en el mundo.

Cuando veo todo esto, me pregunto qué

tanto hemos evolucionado. Qué tanto hemos avanzado. ¿Iremos por buen camino? El hombre primitivo sabía que iba bien si lograba mantener la vida de las plantas que lo alimentaban, si lograba vencer a la enfermedad, si lograba una buena caza, si nacían niños sanos y había comida para alimentarlos, si descubría la forma de prevenir desastres, la forma de predecir los eclipses, la forma de mejorar la siembra, de vivir mejor.

El hombre moderno, a pesar de contar con una tecnología avanzada y con adelantos científicos en el campo de la medicina, la agricultura y la ganadería, se siente cada día más confundido y más inseguro. Ya no sabe si va bien o va mal. Él cree que va bien si gana más que los demás. ¿Será?

Al hombre primitivo le bastaba ver un campo verde, floreciendo, para saber que iba bien. El hombre moderno, encerrado en su oficina de concreto, sin ver la luz del sol, sin enterarse del estado del campo, supone que está bien porque sus acciones de la bolsa subieron y tiene dinero para comer, para vestirse, para viajar y para pagar el hospital en caso de enfermedad, pero sobre todo para pagar sus sesiones con el psicoanalista, pues de otra manera nadie lo escucharía. Todos están muy ocupados en producir y en consumir. El hombre ha perdido el sentido de la vida y se encuentra más solo que nunca.

Como soy una romántica empedernida, yo achacaba todos estos males a la «modernidad», pero el otro día descubrí un poema egipcio del siglo VII a.C. que modificó mi percepción del problema y quise seleccionar algunos versos para ustedes:

¿A quién hablaré hoy?
Los hermanos son malos.
No es posible querer a los amigos de hoy.

¿A quién hablaré hoy?
Reina la avaricia.
Todos se apropian de los bienes ajenos.

¿A quién hablaré hoy?
El desgraciado se consuela con el desgraciado,
porque el hermano se ha convertido en enemigo.

¿A quién hablaré hoy?
No hay en quién confiar.
Y los amigos nos tratan como a desconocidos.

¿A quién hablaré hoy?
El pecado, la plaga del país,
no tiene fin.

La lectura de este texto de seguro les provocó dos emociones. La compasión y la tristeza. A pesar de los miles de años que nos separan del poeta que escribió estos versos, podemos compartir su dolor, su desilusión, su desolación. Podemos reconocer la emoción que lo movió a la escritura porque la hemos vivido en carne propia, porque se parece a la nuestra. Comprendemos su sufrimiento y nos sumamos a él. En ese sentido, el poema crea una unión. Pero por el otro lado, tomamos consciencia de que vivimos dentro de una sociedad depredadora, que hiere, que mata, que lastima, y a la cual no queremos pertenecer. En ese sentido, el poema nos separa de los demás. El alejamiento nos podría llevar a levantar un muro de protección. A meternos bajo las sábanas y negarnos a pronunciar palabra. En el fondo, lo que anhelaríamos es poder regresar al vientre materno. A ese momento cuando nada nos preocupaba, cuando no teníamos que enfrentar ningún problema. Cuando éramos felices.

Los jóvenes deben de saber perfectamente a qué me refiero. Cada día observo la facilidad con que se contagian unos a otros el mal de la depresión. ¡Y cómo no van a estarlo! Ellos tienen acceso al mundo de internet, de las computadoras, de la información y se enteran en segundos de todo lo que pasa en el mundo. Sólo les basta una tarde viendo noticias para darse cuenta del negro futuro que les espera. Para ellos, la sensación de que vamos mal como sociedad debe de ser muy obvia. Saben que el mundo que les estamos dejando está contaminado, lleno de bolsas de plástico y de desechos químicos. Un mundo que sufre tremendos cambios climatológicos y constantes desastres ecológicos. Un mundo en conflicto y bajo la amenaza constante de una guerra nuclear. Ante esto, ¿qué pueden hacer? Nada. La imposibilidad de enfrentar el problema, ya no se diga solucionarlo, les deja como única salida la huida. La mejor forma de evasión es el consumo de drogas y el alcoholismo. De esta manera disfrazan su dolor y procuran estímulos que les hagan sentirse vivos.

Por supuesto que hay más opciones, ¿pero cómo las van a ver si están deprimidos? ¿Si tienen las alas quebradas? Creo que si de veras queremos salvar a este planeta debemos empezar por mejorar el estado emocional de

todos los que lo habitamos. Lo revolucionario sería eso. Sacar a todo el mundo de la depresión. Organizar cruzadas amorosas que repartieran besos, risas, cantos, bailes. Y después de hacer el amor podríamos encontrar una mejor forma de solucionar los problemas sociales y económicos que nos aquejan. «Lo que el mundo necesita es amor» sigue estando vigente.

Los beneficios que se obtienen después de hacer el amor son amplios. Aparte de llegar a sentir una total relajación mental y física, en situaciones ideales, el orgasmo nos puede llevar a experimentar estados alterados de conciencia. Y aun la más pobre de las experiencias sexuales nos proporciona placer, eleva nuestra autoestima, y nos sirve para reforzar valores básicos como la confianza en los otros seres humanos, con la ventaja adicional de que quemamos calorías.

Pero mientras la utopía llega, tenemos que enfrentar la depresión como podamos. Una forma más o menos saludable es por medio del fenómeno de la identificación, que consiste en hacer propios los anhelos, las esperanzas y los deseos de otro. Me refiero a ir al cine a ver una película, pues las imágenes tienen el poder de emocionarnos sin importar que sean falsas o verdaderas. Como prueba tenemos lo que sucede cuando soñamos. Sabemos que estamos teniendo una pesadilla y sin embargo nos despertamos con sudor en la frente, la respiración agitada y el ritmo del corazón acelerado.

Así que resulta muy reconfortante que alguien luche y gane por nosotros. Que nos ponga a circular la adrenalina. Que nos haga sentir que vencimos un peligro. Que nos coloque en una posición de superioridad desde la cual podamos reírnos del jefe, de la suegra, del vecino. Que nos haga creer que salvamos al planeta, que amamos nueve semanas y media, que acabamos con los malos, que derrotamos al demonio, que aplastamos al muñeco asesino. Tal vez de ahí venga el éxito que tienen las películas de acción. Nos proporcionan emociones que no encontramos en nuestra vida diaria. Desafortunadamente, algunos productores sin escrúpulos han sacado provecho de esta situación para inundar el mercado de películas donde abundan las explosiones, los efectos especiales y todo tipo de violencia. Con el agravante de que en estas cintas se maneja como único valor el dinero, y los héroes que aparecen en ellas son capaces de matar hasta a su abuela con tal de obtener un saco de oro.

¿Qué otra alternativa tenemos? Asistir a las salas donde se presentan películas no comerciales. Pero ¿qué tipo de películas vamos a encontrar ahí? Películas de gran calidad artística. Donde no hay efectos especiales pero donde los protagonistas casi nunca salen vencedores. Donde la corrupción, la violencia y el crimen, al igual que en la vida cotidiana, son más fuertes que ellos. Donde los problemas políticos o económicos son inamovibles. Donde los finales felices no existen pues se les considera enajenantes y que van en contra de la realidad.

No sólo eso, en mi experiencia personal como jurado en diversos festivales de cine, me he topado con cineastas y críticos que por sistema descalifican toda película que incluya emotividad e imágenes bellas. Por ejemplo, el que un paisaje sea agradable es razón suficiente para eliminarlo de la premiación. En su lugar, se considera las películas que posean un contenido «intelectual», la mayor parte de las veces inaccesible a las masas y por demás aburrido. Todo esto contribuye a que los realizadores sientan que si su película es comprendida por el gran público, si le hace reír, o llorar, no es buena. Como si fuera un pecado tocar la emoción y hablar del amor. Incluso existe el orgullo de decir: mi película sí es de arte, no es «bonita», no es predecible, no tiene final feliz, no es para las masas, no es *light*, pero sobre todo, no es emotiva.

Aquí está uno de los más grandes problemas. Por un lado, la gente que acude al cine lo hace para sentirse bien. Por otro lado, los realizadores buscan sentirse bien con lo que hacen. Unos quieren salir de la depresión y otros, el reconocimiento de la crítica. Los que salen vencedores son los productores de películas comerciales que ganan mucho dinero proporcionando al público películas que los «emocionan» pero cargadas de emotividad negativa, provocando que los espectadores se contagien de esa actitud e influyan en el clima ya de por sí agresivo que rodea el ambiente. Bajo la premisa de estar dando al público lo que quiere, los productores hacen su agosto. Con lo que cuesta explotar un edificio de veinte pisos o diez naves espaciales se podría alimentar a miles de niños por un año. Y yo me pregunto, ¿el público realmente quiere ver ese tipo de películas? No. Lo que quiere es olvidarse por un momento de su angustia. Porque la angustia duele, molesta, enferma. Lo mismo que la ira, la envidia, el temor.

Podemos distinguir dos tipos de emociones, las negativas y las positivas. Las negativas nos tensan, obstaculizan el flujo de la energía, debilitan, entorpecen el funcionamiento de los órganos, dificultan la asimilación de ideas, interfieren en la transmisión de información de una célula a otra. Las positivas, por el contrario, nos relajan, liberan energía, refuerzan el sistema inmunológico, propician la transmisión de información entre células, permiten que fluya la energía, nos ponen más alertas y agudizan nuestra capacidad de aprendizaje.

Entre las negativas podemos resaltar el odio, la ira, la tristeza, el temor. Entre las positivas, la compasión, el amor, la alegría, la admiración.

¿Qué es lo que determina que una persona se contagie de una emoción y no de otra? Su mundo de creencias. Por ejemplo, para que nos emocione una ceremonia religiosa tenemos que creer en Dios. Para que la película *El exorcista* nos atemorice tenemos que creer en la posibilidad de que el demonio nos posea. Lo mismo pasa cuando vemos venir a un perro rabioso. Nos de miedo porque sabemos que la rabia es una enfermedad mortal. Y nos enteramos no necesariamente por haber visto morir a alguien infectado por esa terrible enfermedad sino porque un ser querido se encargó de decírnoslo. Es muy bello pensar que atrás del miedo que nos produce un perro rabioso se esconde el deseo de alguien que no quería que muriéramos de esa manera. Atrás de esta emoción, pues, no sólo está presente un pensamiento, sino un deseo auténtico de brindarnos protección. De compartir una experiencia. De permanecer a nuestro lado de alguna manera. Algunos filósofos definen al amor como la voluntad que tiene el amante de unirse a la cosa amada. Esta voluntad se hace presente cuando compartimos una rosa, un poema, una tarde lluviosa, un rizo de cabello, unas codornices en pétalos de rosa con la persona que amamos.

¿Qué pasaría si creyéramos en el amor? Y lo digo verdaderamente. Si estuviéramos convencidos de que el amor nos va a salvar como especie. Que de ahora en adelante va a estar por encima de la avaricia y del egoísmo. Por encima de las decisiones del Fondo Monetario Internacional y las de cualquier gobierno. Si con esta frase les arranqué una sonrisa me doy por bien servida. No importa. Tal vez ése es el primer paso para empezar a cambiar al mundo. Sonreír. Quizá si empezáramos a considerar la risa como la gran panacea, modificaríamos positivamente nuestro futuro. Bueno, para aquellos que son como santo Tomás, los invito a comprobar los beneficios que les puede ocasionar una sonrisa. Sólo tienen que tomar dos trozos de cartón. En uno van a dibujar una carita sonriente y en otro una enojada. Después se consiguen una persona dispuesta a realizar un experimento científico con ustedes. Lo primero que deben cuidar es que sus manos estén libres de anillos, relojes o pulseras para que los resultados sean óptimos. Luego, le van a pedir que, con su mano izquierda, presione contra el esternón uno de los cartones. Por supuesto que esta persona no debe saber cuál de ellos está sosteniendo. Enseguida le van a pedir que levante su brazo derecho sin doblar el codo hasta la altura del hombro, con el puño cerrado. Cuando esté listo, ustedes van a ejercer presión sobre el brazo para tratar de bajarlo y él tiene que resistirse. No se trata de que le rompan el brazo. La fuerza que van a ejercer debe ser firme pero sólo para ver el tipo de energía que el sujeto de estudio posee. Primero lo van a hacer con uno de los cartones y luego con el otro. Lo que pretendo es que comprueben que la carita sonriente le va a elevar la energía y la carita enojada se la va a disminuir. Si el experimento no les funciona pues ríanse de mí un rato. Su organismo se lo va a agradecer.

IV

Literatura y cine que sanan. Literatura y cine que enferman

Dependiendo del tipo de emoción que nos produzcan, es posible hablar de una literatura que sana y otra que enferma. Una que libera energías atrapadas en nuestro interior a causa de la tensión y otra que las aumenta hasta transformarlas en angustia.

Hemos venido analizando cómo el mundo de «civilización» y «progreso» en el que vivimos ha hecho a un lado las emociones. Esto es comprensible dado que si a una persona le interesara, le doliera y le lastimara lo que le pasa a los indigentes con los que se cruza diariamente en su camino al trabajo, no podría funcionar correctamente dentro de un sistema basado en la competencia y el egoísmo.

¿A qué gobierno le puede interesar que un soldado sienta compasión por el enemigo al que tiene que aniquilar? ¿Que piense en el dolor que va a provocar en la esposa y los hijos de ese hombre al momento de matarlo? O a qué inversionista le agradaría que una anciana se negara a vender una casa ubicada en un área altamente comercial porque en ella nacieron sus hijos y sus nietos? ¿O a qué Casa de Bolsa le puede importar tener como cliente a un millonario dispuesto a repartir su dinero entre los pobres? ¿A quién importan los ríos, las casas, los árboles, los monumentos históricos, los campesinos, los pobres cuando está de por medio el desarrollo económico? ¿Cuál es el valor que tienen en el mercado las emociones? Ninguno. Y tal parece que a muchos les encantaría acabar de plano con ellas para que no interfieran en sus proyectos de desarrollo.

Pero a las emociones no se les puede vencer tan fácilmente. Nadie las puede abolir. Podemos, a lo mucho, cubrirlas con una manta de indiferencia y no prestarles atención, pero de que nos siguen afectando por dentro, no hay duda.

Otra forma de apagarlas es modificando nuestra escala de valores, nuestros patrones de pensamiento, de manera que, por ejemplo, lleguemos a la convicción de que la competencia es una actividad «sana». Si en algún momento de la historia del hombre, la solidaridad fue indispensable para la supervivencia, ahora se trata de sobrevivir haciendo a un lado la solidaridad.

Veamos qué tan «sano» es esto. Dentro del mundo de la competencia, de entrada, es indispensable demostrar que uno «sabe», que «puede» y que «es mejor» que los demás. Y la forma de lograrlo es anulando y devaluando los logros del de junto. De esta manera, automáticamente nos colocamos en una posición de superioridad. Por supuesto, este acto exige una desconexión emotiva de nuestro compañero de trabajo.

Esta práctica nociva que las empresas fomentan se convierte en una fuente constante de tensión laboral que afecta significativamente, en la salud de los empleados. Técnicamente hablando, el estrés es una respuesta mental y física a una situación adversa que moviliza nuestros mecanismos de defensa: el mecanismo de enfrentar o huir. Desafortunadamente, no siempre podemos actuar ante lo que sentimos o percibimos como una amenaza contra nuestra integridad. Nadie tiene el poder de cerrar una Planta Nuclear, ni detener una guerra, ni cerrar una fábrica de armamento, ni siquiera tiene la posibilidad de renunciar a un trabajo donde se le humille constantemente, pues éste significa su sostén económico. Para sobrevivir, lo único que puede intentar es tratar de no involucrarse emotivamente. Pero este proceso de aislamiento resulta altamente doloroso.

Encuentro que lo más apropiado para expresar lo que es la desconexión es el momento en que nacemos y nos cortan el cordón umbilical. ¡Qué soledad sentimos! ¡Qué sensación de no sentir quienes somos! Antes éramos un todo formado por dos. Ahora nos falta una parte, la de la madre. ¿Dónde está? Toda esa angustia ante la vida se desvanece por arte de magia cuando somos abrazados nuevamente por nuestra madre y escuchamos el latido de su corazón. Es un ritmo conocido, que nos conecta con ella, que nos recuerda nuestro origen, que nos da paz. En ese momento sabemos que no estamos solos, que alguien nos ama, que alguien nos cuida.

Si analizamos a profundidad la sensación de sentirnos desconectados, podríamos ir más allá de la razón, más allá de lo que nuestros ojos pueden ver, nuestros oídos oír y nuestras manos tocar. Podríamos llegar hasta el lugar que abandonamos al nacer. ¿Cuál es? ¿Dónde está? Ése es un misterio con el que nos enfrentaremos el día de nuestra muerte, cuando retornemos al lugar de origen. Mientras tanto, no podemos evitar sentirnos desconectados, abandonados, solos y como nuestros sentidos no nos alcanzan para percibir otras realidades, buscamos desesperadamente la forma de mantener el contacto con nuestra patria celestial para poder sentirnos hijos amados del universo. Porque muy pero muy en el fondo, intuimos que nuestra madre actuó únicamente como intermediaria para que nuestra alma se instalara en nuestro cuerpo y nuestro cuerpo en la tierra, pero no fue ella quien le dio vida a nuestra alma. Fue alguien más en otro sitio y debe de haber un puente de conexión entre este mundo y el otro. Sólo las personas que amplían su conciencia lo suficiente son capaces de entrar en contacto con esos mundos y descubrir que no estamos tan solos como creemos.

Pero los que no podemos, seguimos buscando la forma de establecer contacto. Así como en el ombligo nos queda la marca de que alguna vez estuvimos en el vientre de nuestra madre, debe de haber un signo que nos muestre de dónde venimos, quiénes son nuestro padre y nuestra madre celestiales. ¿Por qué no sentimos el sonido de su corazón? ¿Por qué no sentimos su abrazo? ¿Por qué no acuden a nuestro llamado?

Tal vez por eso, cuando uno grita y la soledad le hace eco, cuando se siente aislado, cuando no encuentra sentido a la vida, siente una urgencia por encontrar un sonido, un ritmo, una palabra que lo conecten nuevamente a ella. Que le hagan sentirse acompañado y seguro.

La palabra, en su carácter de invocación, vincula, une, establece puentes en la memoria.

Si nos atenemos a lo que algunos estudiosos han expresado, se puede decir que la primera forma de manifestación de la literatura fue rítmica. Allí están como prueba los versos que expresan, en distintas culturas, la regularidad del ritmo de las siembras, o la ira de los dioses expresada en la métrica regular de las danzas sagradas.

Posteriormente surgió la necesidad de narrar acontecimientos de la vida cotidiana, alejados de los esquemas métricos y surgieron las formas narrativas. Se trataba de estructuras flexibles, que permitieron una longitud mayor y la creación de grandes ficciones imaginadas. Éstas eran formas más cercanas a nosotros que las de los mitos antiguos, pero eran igualmente profundas y universales. Así, la literatura seguía cumpliendo su función de relacionar al hombre con sus propios sonidos, es decir, la de conectarlo con la vida.

En este sentido, la literatura ponía al ser humano en comunicación con sus más elementales referencias de la realidad y lo ayudaba a confrontar sus propias imperfecciones y deseos, revelándole un mundo de voces ambiguas venidas de lo más profundo de la conciencia colectiva. Ante una palabra o concepto que el hombre reconocía en un texto, sentía lo mismo que cuando encontraba a un amigo conocido y se abrazaba a él.

En la mitología, por ejemplo, el hombre encontró la forma ideal para reconocerse en otro al crear una forma simbólica compleja que representa por medio de imágenes las manifestaciones más esenciales del ser humano. Para comprobarlo, basta recordar los estudios de Karl Jung. La literatura desprendida de la mitología se convierte en un espejo donde todos nos podemos reconocer.

De la misma manera que los personajes de la mitología nos representan, hay palabras que encierran en su interior la manifestación más importante y suprema que puede haber: la de la divinidad. Estas palabras son los mantras o las oraciones.

El poder de una palabra sagrada es muy

amplio y trasciende la burda materia. Ojalá que en el nuevo milenio la ciencia se encargue de demostrar que la pronunciación y repetición, ya sea de un mantra o de una oración, en un estado de relajación o meditación, nos abre la puerta a un universo desconocido. Nos lleva más allá del pensamiento, del sufrimiento, del abandono, pues nos hace uno con la energía suprema. Aquella que está presente en cada partícula de este universo y que nos es común a todos los seres humanos. Este vínculo colectivo es muy poderoso. Nos integra a todos por igual y nos hace sentir parte de cada árbol, de cada piedra, de cada estrella, de cada ser humano, pues en todos ellos, al igual que en nosotros, vibra una misma energía, una misma palabra. Ya un santo en la India dijo: «Cuando el nombre de Dios está en tu lengua, la liberación está en tu mano.»

Hace poco, dentro de un laboratorio, se realizó un experimento poco usual. Se les rezaba a las bacterias para comprobar si la oración tenía efectos reales sobre la materia o sus efectos eran producto de la fe. Las bacterias no piensan, no creen en Dios y por lo tanto no son material influenciable. Para sorpresa de los investigadores, las bacterias reaccionaron positivamente a las oraciones, pero no de una forma realmente «comprobable» para la ciencia. Ninguna revista médica ha publicado los resultados del estudio.

Por otro lado, hace años el libro de Louise Hay *Tú puedes Sanar Tu vida*, causó una revolución. Yo misma, les puedo asegurar que sané de varias enfermedades repitiendo frases que vienen en su libro. Ella sostiene que la mayoría de las enfermedades son causadas por un patrón de pensamiento negativo. Lo único que tenemos que hacer es modificar ese patrón de pensamiento para recuperar la salud. Ella, en sus años de experiencia como terapeuta, identificó la emoción escondida atrás de cada enfermedad y diseñó la frase adecuada para contrarrestarla. Si analizamos

las frases que tenemos que repetir para recuperar la salud nos vamos a encontrar que la mayoría contienen las palabras: seguridad, amor, aceptación, perdón. Precisamente las palabras mágicas que la sociedad en la que vivimos nos niega.

Sería sensacional que todos los seres humanos tuviéramos consciencia de que las palabras nos pueden sanar o enfermar, que una palabra de amor genera una ola que acaricia a millones de personas. Que une, que vincula, que libera energía.

¿Pero qué pasa cuando la palabra pierde ese carácter? ¿Cuando en lugar de unión crea confrontación? Cuando es utilizada para difamar, para insultar, para manipular. Cuando no refleja la realidad ni respalda la verdad. Cuando la palabra «libertad» significa esclavitud. Cuando se habla de «democracia» mientras se impone una dictadura. Cuando se nos ofrece ayuda para la defensa de nuestra soberanía y sabemos que vamos a acabar perdiendo hasta la camisa. En esos casos, la palabra es como un son que nadie baila porque su ritmo es irreconocible. El son de la razón sin corazón.

Hubo un tiempo en que empeñar la palabra era un acto respetable. El honor iba de por medio. Uno podía confiar totalmente en lo ofrecido por un caballero pues sabía que pasara lo que pasara cumpliría con lo prometido.

En cambio, ahora, en boca de algunos medios de comunicación y la mayoría de los políticos, las palabras no siempre expresan la realidad sino todo lo contrario. No cumplen con su misión de informar. La herencia de Cantinflas se respira en los discursos de los políticos. Hablan sin hablar. Dicen sin decir. Utilizan palabras ambiguas para engañar, para confundirnos y obtener nuestro voto. Eso es lo único que les interesa. Por su parte, muchos medios de comunicación no comunican. Se interesan por las noticias sensacionalistas, de corte amarillista, porque son las que más venden. La prioridad es encarecer la publicidad en la televisión, atraer patrocinadores importantes, aumentar la venta de periódicos o revistas. Lo que importa es la noticia y no la verdad. La palabra en estos casos es como un veneno de efecto prolongado.

Por eso soy muy cauta cuando leo los periódicos. No sólo por la cantidad enorme de mentiras que aparecen publicadas, incluyendo declaraciones mías que nunca he hecho, sino por la cantidad de verdades tan serias y preocupantes de lo que sucede en el mundo. Y así como un músculo tenso representa una fuga constante de energía, una mente obsesionada quema gran cantidad de glucosa. Si generalmente el cerebro utiliza el 20 por ciento de la energía metabólica de nuestro cuerpo, imaginen lo que pasa cuando trabaja horas extras pensando en cómo detener las guerras fratricidas, cómo proteger a los niños de la calle, cómo ayudar a las víctimas de terremotos, inundaciones o el narcotráfico. A veces, el exceso de información puede resultar contraproducente pues nos deprime, con las terribles consecuencias que esto acarrea.

El miedo entra por los ojos. Ellos son los que nos advierten cuando el peligro acecha y nos informan cuando cesa. Los noticieros y los periódicos nos inundan de imágenes terroríficas que nos llenan el corazón de temor. Para contrarrestarlo, bastaría ver la imagen de un campo verde. Al verde se le asocia con la esperanza y con todo lo que potencialmente contiene formas de vida, con el renacer de las plantas, con la acción renovadora de la naturaleza. Frente al verde nadie puede renunciar a un sentimiento de bienestar y paz, de ahí que toda terapia que use los colores ha de buscar el verde como elemento esencial para recuperar la salud del espíritu. No es gratuito que muchas culturas del mundo, incluyendo la azteca, hayan asignado al verde la cualidad de la curación y la salud. Si la imagen de

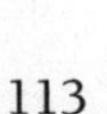

un campo verde se deja acompañar de un cielo azul, libre de *smog*, y de anuncios comerciales, contamos con el bálsamo ideal para el alma.

Como este tipo de medicamento no se encuentra fácilmente en estado natural, uno acude al cine en busca de imágenes que le hagan sentirse mejor. Se acomoda tranquilamente en la butaca y se dispone a gozar de una buena película. ¿Y qué pasa? Que la mayoría de las veces, en lugar de salir tranquilizado uno sale muy empeorado, emocionalmente hablando. Independientemente de lo que nos pueda alterar el contenido de la cinta, no sé si lo han notado, pero cada día aumentan más el sonido en las escenas de suspenso, o de persecuciones. Obviamente lo hacen con el propósito de intensificar el miedo y la angustia, ¡y vaya que lo logran! No sé qué es peor, si el miedo a que los tímpanos se revienten o a lo que le puede suceder al protagonista de la película. O las dos cosas. El caso es que la música diseñada para acompañar las escenas de suspenso nos pone los nervios de punta. Técnicamente hablando, el suspenso es la duda que tiene el espectador sobre si el héroe va a lograr o no sus propósitos. Nosotros, los espectadores, como estamos identificados con él, queremos que triunfe a toda costa, pues su triunfo representa el nuestro y, entonces, sufrimos en carne propia cada uno de los percances que sufre. No lo sentimos, pero cada golpiza que recibe, cada huida que realiza, cada accidente que sufre nos afectan en el funcionamiento del hígado y del corazón dependiendo del grado de angustia que nos despierten. Se dice que poco veneno no mata, pero que daña, daña. Cada imagen, cada sonido, cada palabra que entran en nuestra mente nos afectan. En ese sentido, una ida al cine puede resultar dañina.

Sería importante que los creadores estuviéramos muy conscientes de las repercusiones que pueden tener las palabras y las imágenes que estamos manejando. Todas ellas generan emociones que afectan de forma sustancial ya sea a nuestros lectores o a nuestros espectadores. En ese sentido, se puede hablar de que existe una responsabilidad del creador. Estamos manejando material altamente sensible. Tal vez en el futuro a los libros y a las películas se los acompañará de la leyenda: «este producto puede resultar nocivo para su salud». Mientras tanto dependemos de nuestro buen juicio para elegir el tipo de libro, de periódico, de noticiero o de película que vemos, pues tienen un carácter invocador. Cada imagen, cada frase dicha establecen un puente en la memoria y nos conectan con nuestro origen.

¿Y qué pasa cuando la labor del escritor deja de ser la de mediador y tiende a convertirse en la de «desconectador». Cuando a la vocación narrativa se impone la necesidad de demostrar que se es más inteligente que los demás. Cuando lo que al escritor le interesa es reafirmar su superioridad intelectual, la literatura, se convierte en un lenguaje más del poder. Este tipo de escritura está hecha para «sorprendernos», para dejarnos fuera de un juego de entendidos que permite colocar al autor entre un grupo selecto de exquisitos que comparten sus «combinaciones» privadas, que sólo ellos entienden y que terminan por matar la vitalidad del fenómeno artístico que provee la literatura. Dicho en otras palabras, ellos piensan que para que una obra artística sea importante, debe apelar exclusivamente a la razón y debe de estar lejos de la comprensión de las grandes mayorías, pues si ellas la comprendieran estarían al mismo nivel intelectual del creador y en el mundo de la competencia esto es inaceptable. Esta actitud genera un fenómeno que yo llamo el del «nuevo traje del emperador». ¿Recuerdan el cuento? Un rey muy soberbio, con poder absoluto, manda hacer un traje para una ocasión muy especial. Traen a un sastre famoso que resulta ser un gran pillo que lo engaña presentándole una tela maravillosa y, por supuesto, carísima, que no existe. El rey no la ve, pero el sastre embaucador le dice que sólo los inteligentes pueden verla. Nadie más. El rey cae en la trampa y afirma que la tela efectivamente es preciosa y todos en el reino, con tal de no quedar como tontos, se asombran ante la tela invisible. Valga este ejemplo para ilustrar lo que el tipo de literatura sólo para intelectuales puede provocar. En el fondo del fenómeno necesariamente está el egoísmo del creador. Y no me refiero a una posible necesidad económica o a un deseo de progreso profesional o de fama, cada una de estas cuestiones serían un mal menor si no tuvieran como fondo una intención depredadora.

Estoy hablando de un tipo de literatura, provocada por una actitud insana y emocionalmente negativa, que provoca en los lectores agobio y desesperación. No estoy hablando de una literatura «inmoral», sino de una «inmoralidad» al escribir una literatura excluyente, que deja al ser humano fuera del alcance de sí mismo y que sólo se compromete con el propio beneficio, material o inmaterial, de quien la escribe. El escritor no comprometido produce una literatura que oprime a los lectores.

Si consideramos lo que Elena Garro dijo en *Recuerdos del porvenir*: «Yo sólo soy memoria», ¿qué pasa con el lector que no se reconoce en la lectura? Con ese ser que buscó en el libro una conexión y que siente que las palabras de ese libro no fueron escritas para él, que nadie lo tomó en cuenta, que, es más, se le desprecia tremendamente y no se le considera capaz de ocupar un sitio dentro de los intelectuales que habitan el Olimpo? ¿Aquel que acudió en busca de un abrazo y encontró todo lo contrario?

Pues se deprime aún más.

Todo el mundo busca mejorar y sentirse bien con lo que hace. No hay forma de sentirse mejor que cuando uno es amado, apreciado, valorado. Los escritores, al igual que los cineastas, buscan que su literatura sea apreciada, pero como los valores que rigen la crítica son los meramente racionales, escriben de forma que salga a la luz todo su caudal de conocimientos. Por otro lado, la gente busca sentirse bien encontrando una conexión con su memoria, con su origen, y si no encuentra ninguna relación con determinado libro, lo rechaza. A pesar de que desde un inicio al escritor no le interesaron los lectores sino los críticos, al no ser apreciado por el público se siente rechazado y, a su vez, rechaza y trata de devaluar a los escritores que sí son bien recibidos por los lectores. Es un juego interminable de «si me rechazas, te rechazo», del que todos los involucrados salimos perjudicados.

Sobre todo porque nuestra búsqueda se ve frustrada, porque en lugar de obtener bienestar acumulamos tensión y todo nuestro organismo se contrae. Como ya hemos visto, el medicamento correcto para combatir la depresión sería una buena dosis de humor.

La comedia, desde mi punto de vista, es una de las formas de creación más comprometidas. Para hacerla bien se necesita tener un enorme sentido de autenticidad y un gran conocimiento del ser humano. Ya Aristóteles, en su *Arte Poética*, les dio tanto a la comedia como a la tragedia el mismo valor de verdad y conocimiento. Sólo en algunos momentos de la historia, como nos lo recuerda Umberto Eco en *El Nombre de la Rosa*, se ha intentado negar a la comedia como generadora de conocimiento y se le ha querido destruir por medio del desprecio y la descalificación. En general, es la estructura de poder la que niega la risa y la considera indigna de ocupar un lugar dentro de las obras «serias», dentro de las creaciones intelectualmente «aceptables» y «valiosas». Como el mismo Eco nos hace notar, el poder no se ríe, o sólo lo hace con una mueca falsa, porque la risa es la expresión más auténtica de libertad.

Y si de risa hablamos, cuánto más podríamos decir del llanto. La literatura que excluye, nunca se permitiría acercarse al sentimiento y a la emoción verdaderos. Por eso desprecian la importancia del melodrama.

De un tiempo a esta parte, o tal vez desde su mismo origen, ha existido una fuerte oposición a los mecanismos emocionales que despierta el melodrama. Se les mira con sospecha, con recelo y con desprecio. Se les considera resortes fáciles de una emotividad barata y se reduce su uso y costumbre a escritos faltos de «seriedad» e insuficientemente «intelectuales».

Es necesario que recordemos que el melodrama es uno de los géneros más poderosos en cuanto a su capacidad de influencia y penetración en la sensibilidad de los seres humanos. Es el medio más eficaz para penetrar en nuestro interior y destruir las barreras que el temor racional impone. Es una forma perfecta para acercarnos a nosotros mismos y para preocuparnos por los demás.

En general, los lectores que han salido huyendo de los libros «incomprensibles e incomprensivos» buscarán en el melodrama la posibilidad de contacto con un personaje que les permita identificarse sentimental y emocionalmente. Si la manera «racional» e insensible de experimentar la realidad le impide al hombre identificarse con lo que les ocurre a los otros, los géneros literarios y cinematográficos que recurren a las emociones como base de sus estructuras aportarán la materia prima para poder hacer que la sensibilidad de los espectadores reaccione y se produzca la conexión. En ese sentido, es más fácil que una persona se sienta afligida por los problemas de un personaje ficticio creado en un género melodramático, a que se sienta conmovido por las guerras y las matanzas de la realidad concreta. Tal vez porque siente que las situaciones ficticias al terminar la película tendrán fin y las de la realidad no. En ese sentido es más fácil que un ama de casa llore con una telenovela en donde se aborda el problema de los campesinos a que lo haga por los indios en Chiapas. Ella siente que el problema de Chiapas está fuera de su control, que no puede hacer nada, y como la naturaleza de todos los seres humanos es básicamente compasiva, acude al melodrama para poder ejercerla.

En la interpretación budista, la auténtica compasión se basa en la aceptación o el reconocimiento de que los otros tienen, al igual que uno mismo, el derecho a vencer el sufrimiento. Si analizamos, la felicidad propia depende de la felicidad de los otros. Y la tristeza de la infelicidad de los demás. Cuando uno se ve empujado a aliviar el dolor de los otros, está actuando de manera compasiva. ¿Cuántas veces al día nos sentimos obligados a aliviar el dolor de nuestros seres queridos, de hacer que se sientan bien, que no pasen ham-

bre ni frío? El verlos felices nos da felicidad. El saberlos sanos nos da paz. A su vez, la persona que recibe nuestras atenciones mejorará inmediatamente su estado emocional. Encontró una muestra de afecto, alguien le demostró amor, alguien se preocupó por él. Ese acto quedará registrado en la memoria como uno de los mejores y más satisfactorios para ambos. Pasará a formar parte de lo que se empieza a mencionar por los científicos como las huellas dactilares cerebrales. O sea, las imágenes y recuerdos que son totalmente personales y que nos pueden caracterizar a los seres humanos de la misma forma que las huellas dactilares.

La vida, finalmente, no es más que un cúmulo de recuerdos, de imágenes, de risas, de lágrimas, a través de los cuales adquirimos consciencia de lo que somos. Y ¿vale la pena vivirla? Definitivamente, sí. A pesar del sufrimiento, a pesar de la tristeza, a pesar del aislamiento en el que podamos a veces caer, pues precisamente en esos momentos es cuando nos preguntamos ¿cuál es el sentido de mi existencia? Y es ahí cuando aflora una sola voz en nuestro interior. Una voz callada, casi inaudible, que no se atreve a expresarse porque el resto del mundo le niega el derecho a afirmarse. Es en esos momentos de soledad, cuando el «ruido» del mundo queda fuera, que podemos escuchar a nuestra alma que nos dice que el único y verdadero valor es el amor. Sólo en la inactividad descubrimos que lo que nos mantiene con vida no es el recuerdo del coche que compramos, ni de los deberes cumplidos, ni del tiempo que pasamos realizando trámites burocráticos, sino la esperanza de hacer todo lo que no hemos hecho: decirle a la gente cercana lo que significa para nosotros, darle un abrazo a un amigo perdido, compartir una tarde de risas con nuestros hijos, mirar una lluvia de estrellas, dar un beso de amor a nuestra pareja, amar, amar, y amar.

Estoy convencida de que el día que tenga

que partir de este mundo, los sonidos y las imágenes que me van a acompañar no son las de mis archivos en perfecto orden, ni el ruido del motor de mi coche. Serán la imagen de mi padre con los brazos abiertos para recibirme mientras daba mis primeros pasos, la del nacimiento de mi hija, la de mi madre arropándome, la mirada de mi esposo, los besos, las risas, los abrazos, el amor compartido.

V

En busca de respuestas

Cuando comencé a escribir este ensayo, tenía una gran cantidad de interrogantes. A lo largo del trabajo de investigación encontré las respuestas para muchas de ellas, sin embargo, otras quedaron inevitablemente sin resolver. Me gustaría mencionarlas aquí para que, en caso de que algún científico se interesara en ellas, pudiera entrar en contacto conmigo y me ayudara a salir de dudas. Sé que cada día surgen nuevos descubrimientos y avances que nos pueden aclarar más las cosas.

Mi primera pregunta sería: ¿Es posible quemar una emoción? La emoción, según entiendo, es un impulso eléctrico. Como toda corriente energética tiene una vibración y una longitud de onda determinada, pero también un límite de duración. Cuando una emoción nace, debe tener un recorrido parecido al de toda la energía en el Universo, o sea, necesariamente seguirá una curva que incluye inicio, desarrollo y muerte. Para intentar decirlo con claridad, imagino a la emoción como la corriente que proporciona una pila. Ahora bien, las pilas sólo tienen un tiempo determinado de energía, no duran por siempre. Ocurre exactamente lo mismo con las emociones: nadie está todo el tiempo triste o enojado. Pero, ¿qué sucedería si en lugar de esperar a que la emoción muriera por sí misma, aceleráramos su curva de desarrollo y la «quemáramos»? Si en lugar de resistir la tristeza nos ponemos a sentirla más intensamente, ¿será posible utilizar esa energía en exceso y terminar con ella antes de tiempo? En caso de que eso fuera posible, el descubrimiento nos haría ver que de alguna forma podemos controlar las emociones o sus efectos sobre nosotros. ¿Sería posible encontrar una manera «mecánica» para «quemar» las emociones? ¿Se podrían desarrollar técnicas o terapias para aprender a emocionarse eficazmente?

Segunda pregunta: ¿Es posible sacar una radiografía de las emociones?

No me refiero a los estudios que se han realizado dentro de los laboratorios para registrar la actividad cerebral que se realiza cuando se está experimentando una emoción determinada, no, pienso más bien en ese tipo de experimentos que sé que se están realizando en el FBI, esos estudios que consisten en conectar electrodos en el cerebro de los criminales para luego mostrarles fotografías de las víctimas de un asesinato o del lugar del crimen con el fin de detectar el tipo de reacción que los delincuentes presentan ante el estímulo, pues dichas imágenes están archivadas dentro de su memoria emotiva y el cerebro va a detonar necesariamente una emoción, aun en contra de la voluntad del individuo. Si las palabras e imágenes que tenemos registradas en nuestro cerebro son los detonadores de nuestras reacciones, ¿sería posible predecir la forma en que una persona reaccionará ante determinada emoción? Por ejemplo. Supongamos que una persona compasiva observa la foto de un niño de la calle, anémico, muerto de hambre y enfermo. Si la imagen le despierta una emoción compasiva, si le afecta, esa misma persona desearía ayudar en condiciones adecuadas a que el sufrimiento de ese niño terminara. Estamos hablando de una persona de buenos sentimientos. Pero ¿qué pasaría si la misma foto fuera presentada a una persona a la que no le preocupa en absoluto el dolor ajeno, a la que no la emociona ni le despierta ningún deseo compasivo? En este caso, por ejemplo, ¿será posible conseguir despertar una emoción positiva en un ser acostumbrado a esquivar su contacto con el sentimiento de los otros? ¿Será posible mover a compasión a un puñado de ricos frente al dolor, el hambre y el desamparo de millones de personas en el mundo? ¿Será posible conseguir que un soldado sienta el padecimiento ajeno y decida dejar de asesinar sólo porque un superior se lo ha ordenado?

Por otra parte y desde esta óptica, ¿no creen que sería muy interesante poder prever las reacciones que tendrán frente a ciertos estímulos los gobernantes que vamos a elegir? Sería sensacional poder saber si un par de tetas pueden volver loco a un sujeto y hacerlo capaz de lanzar bombas o desatar una guerra con tal de solucionar sus problemas sentimentales. También sería muy conveniente poder saber qué tanto aprecio tienen algunos por el dinero, especialmente el ajeno, y si se sienten seguros acumulándolo, o si no soportan la idea de quedarse sin sus cuentas de millones de dólares en Suiza.

En ambos casos, que la emoción pudiera

«quemarse» o que pudiera ser radiografiada, estamos hablando de la necesidad de enfrentar al ser humano como un ente emocional, cuya manifestación íntegra depende de su capacidad para aceptar que es una mezcla de racionalidad y de sensaciones, de emotividad y de pensamientos. Se trata de mirar al ser humano de una manera completa. Y este planteamiento, en el mundo en que vivimos es una transgresión. Porque atravesamos una época que se empeña en concebir al ser humano como un ente arrancado de su pasado, sin memoria, hecho sólo para relacionarse con máquinas y ser «productivo»; un ente que mira sólo hacia el futuro y se ha alejado del contacto con sus emociones. Porque vivimos en un mundo al que le ha importado más la utilidad que el sentido de la existencia, la envoltura que los contenidos, la apariencia antes que la sinceridad de ser lo que se es.

Y tal vez si descubriéramos las verdaderas intenciones que están detrás de cada emoción, podríamos ser capaces de entender mejor a nuestros semejantes. Porque, a fin de cuentas, todos los seres humanos estamos buscando constantemente sentirnos bien, y muchas veces lo hacemos huyendo del dolor o del miedo que produce la inseguridad.

Habrá gente que no soporte el rechazo y desarrolle una serie de gestos y de máscaras de sonrisas, de recursos de seducción para atraer la atención de los demás, para hacerse simpática, para agradar, para ser indispensable, y entonces esa actitud las transformará en ese tipo de personas muy acomedidas, muy atentas, esas que pueden parecer muy compasivas pero que en realidad están disfrazando un simple, puro y enorme deseo de afecto.

Si nosotros fuéramos capaces de «quemar» las emociones negativas, tal vez este tipo de personas no desperdiciarían tanto tiempo y esfuerzo en aparentar lo que no son, es decir, se podrían deshacer de sus miedos e inseguridades y se ocuparían íntegramente en indagar qué es lo que verdaderamente desean de sí mismas, ocupación suficientemente complicada como para mantenerlos interesados el resto de sus vidas. Tal vez si las emociones se radiografiaran bastaría con enternecernos por el esfuerzo de defensa e inseguridad de los verdaderamente sinceros y podríamos, al mismo tiempo, cuidarnos de los mentirosos, o estaríamos capacitados para compadecernos de los equivocados y lucharíamos contra los injustos. Tal vez nos veríamos un poco más como verdaderamente somos.

Porque hay una gran diferencia entre querer aliviar el dolor ajeno y querer controlar el mundo para beneficio personal. A mí no me interesa establecer un juicio moral sobre estas dos personas sino hacer una distinción entre diferentes emociones. Desde un punto de vista sano uno siempre tiene deseos de mejorar. Una madre amorosa, por ejemplo, siempre quiere que sus hijos estén libres de enfermedades y que no les ocurra nada. Eso está bien. Lo que está mal es cuando nuestro bienestar se cifra en que los demás hagan lo que nosotros pensamos que es lo mejor para ellos, aun en contra de su voluntad. ¿Hasta dónde buscamos a los seres que necesitan ayuda empujados únicamente por la compasión, y hasta dónde por la necesidad de controlar sus vidas, de probarnos a nosotros mismos que los demás nos necesitan?

¿Sería posible que por medio de algún recurso científico descubriéramos la manera de desenmascarar nuestras verdaderas intenciones detrás de las apariencias de la bondad y de la generosidad, y enfrentáramos que los deseos de manipulación o de poder pueden ser los verdaderos motores de nuestras acciones y nuestra emoción?

Seguramente falta tiempo para que estas y otras preguntas puedan ser contestadas.

Ustedes se estarán preguntando cuáles son mis intenciones al preocuparme tanto por la emoción. Bien. Estamos empezando un nuevo siglo. En este siglo voy a morir y mis nietos van a nacer. Me gustaría, antes de irme, dejarles un mundo mejor. Este pensamiento me hace recordar inevitablemente a mi abuela. A ella le tocó pasar del siglo XIX al XX. A ella debió de haberle preocupado, como a mí, el mundo que les estaba dejando a sus nietos. Mi abuela murió un poco después de la llegada del hombre a la Luna. Ya no le tocó ver el surgimiento de las armas químicas, de las guerras bacteriológicas. No supo del SIDA, de las semillas transgénicas, de que los volcanes del Valle de México se hicieron invisibles a causa de la contaminación. No se enteró ya de que los narcotraficantes controlan el mundo. Siempre la recuerdo amable, rezando a diario por todos nosotros, pidiendo por que tuviéramos una buena vida. Sin embargo, sus rezos no pudieron evitarnos el sufrimiento.

¿Cuántos años me quedarán por vivir en este nuevo siglo? ¿Diez? ¿Veinte? ¿En ese lapso tendré tiempo para mejorar un poco el medio ambiente? Me encantaría que mis nietos tuvieran una buena impresión de este mundo al momento de nacer. Que no hubiera bolsas de plástico regadas por todos lados, que no hubiera desechos químicos en los ríos. Que pudieran ver los volcanes. Que pudieran llenar su vista de color verde cuando estuvieran deprimidos. Que sus pulmones no se llenaran de plomo. Que sus emociones no los avergonzaran.

¿Los números realmente sirven para marcar el inicio de una etapa de gestación y una de muerte? ¿Representa algo verdadero dentro de nuestras consciencias el paso de un siglo a otro, de un milenio a otro? Así como es muy claro observar el proceso de germinación, nacimiento y muerte en una semilla, ¿se puede hablar del nacimiento de una nueva civilización? ¿Qué tipo de sociedad me va a tocar ver? ¿Y a mis nietos? ¿Mi abuela, en ese brindis de final del siglo XIX, habrá alcanzado a imaginar la cantidad de hijos, de nietos y bisnietos que iba a tener y el mundo que les iba a tocar vivir? El Sol, nuestro padre, ¿habrá imaginado cuál sería el destino de la Tierra? Cuántos años le quedan de vida a la Tierra? ¿Y a la Luna? ¿O al mismo Sol? ¿Cuántos nuevos siglos quedan por venir? ¿Cuánto más falta por descubrir, por conquistar? ¿Conquistaremos o seremos conquistados?

¿Se imaginan que nos tocara ver la llegada de una civilización conquistadora, y descubriéramos que lo que más les interesa es apoderarse de nuestro plástico? ¿Que pudiéramos descubrir que hemos vivido en el error y que el sueño de tantas generaciones de alquimistas de fabricar oro fue inútil porque el verdadero material inmutable y perdurable es el plástico y no nos habíamos dado cuenta? Sería una broma verdaderamente de mal gusto. Pero no hay duda de que somos la generación del plástico. Y al parecer, también hemos querido «plastificar» nuestro mundo emocional, lo hemos querido envolver en un paquete de fingimiento y vacío, así como empaquetamos la carne en los refrigeradores. Sabemos que los futuros antropólogos van a determinar los años de antigüedad de las excavaciones por la cantidad de plástico acumulada bajo la superficie. Esa imagen me pone la piel chinita: me apena. Para mí es un signo de todos los errores que hemos cometido y me gustaría que las imágenes que nos representaran en el futuro fueran otras. No sé si todavía estamos a tiempo. Sólo sé que es posible que demos un paso adelante si nos ocupamos un poco más de la emoción.

Un siglo ha terminado. Esto quiere decir que dimos cien vueltas más alrededor del Sol. ¿Cuántas más nos quedan por dar? ¿Eso ya estará determinado de la misma forma en que lo está la cantidad de años que vamos a vivir? ¿Cuántas vueltas más me quedan por darle al Sol? ¿Cuántos atardeceres más voy a ver, y cuántos amaneceres?

BIBLIOGRAFÍA

ARISTÓTELES, *Poética,* México, Editores Mexicanos Unidos, 1989.

Cantos y cuentos del Antiguo Egipto, México, B. Costa-Amic, Editor, 1967.

CHESHIRE CALHOUN, Robert C. Solomon, *¿Qué es una emoción?*, México, Fondo de Cultura Económica, 1989.

CHIA, Mantak, Maneewan Chia, *Fusión de los cinco elementos*, Málaga, Editorial Sirio, 1998.

— *Sistemas taoístas para transformar el estrés en vitalidad*, Málaga, Editorial Sirio, 1992.

DALAI LAMA, *The Power of Compassion*, London, Thorsons, 1995.

DÍAZ, José Luis, *La nueva faz de la emoción*, Universidad Autónoma de México. Instituto de Investigaciones Antropológicas, 1995.

ELIADE, Mircea, *Imágenes y símbolos*, Barcelona, Editorial Planeta-Agostini, 1994.

— *Herreros y alquimistas*, México, Alianza Editorial, 1989.

GARCÍA FONT, J., *La magia de la imagen*, Barcelona, Creaciones y Realizaciones Editoriales, 1995.

GOLEMAN, Daniel, *Healing Emotions*, Boston, Shambhala, 1997.

— *Inteligencia emocional*, México, Javier Vergara Editor, 1995.

HIRIGOYEN, Marie France, *El acoso moral*, Barcelona, Paidós, 1999.

JACKSON, Stanley W., *Historia de la melancolía y la depresión*, Madrid, Turner, 1986.

LÓPEZ GUIDO, José, *La magia del amor*, Manantial Grupo Editorial, 2000.

ORNISH, Dean, *Love and Survival*, Nueva York, Harper Collins, 1998.

SAGAN, Carl, *Los dragones del Edén,* México, Grijalbo, 1979.

SCHOLEM, Gershom, *Las grandes tendencias de la mística judía*, Buenos Aires, Fondo de Cultura Económica, 1993.

— *Desarrollo histórico e ideas básicas de la Cábala*, Barcelona, Riopiedras, 1994.

SHERWOOD TAYLOR, F., *Los alquimistas*, México, Fondo de Cultura Económica, 1977.

THOMASSEAU, Jean Marie, *El melodrama*, México, Fondo de Cultura Económica, 1984.

YATES, Frances A., *Giordano Bruno y la Tradición Hermética*, Barcelona, Ediciones Ariel, 1983.

— *El arte de la memoria*, Madrid, Taurus, 1974.